Kurt Lehmkuhl: Begraben in Garzweiler II

Kurt Lehmkuhl

Begraben in Garzweiler II

Kriminalroman

Bibliografische Information der Deutschen Nationalbibliothek: Die Deutsche National- bibliothek verzeichnet diese Publikation in der Deutschen Nationalbibliografie; detail- lierte bibliografische Daten sind im Internet über www.dnb.de abrufbar.

Die Veröffentlichung als Buchausgabe erfolgt mit freundlicher Genehmigung der Gmeiner-Verlag GmbH, Im Ehnried 5, 88605 Meßkirch, www.gmei- ner-verlag.de. Als E-Book-only ist der Roman nach wie vor im Gmeiner-Verlag erhältlich (ISBN 978-3- 7349-9222-3).

©2019
Herstellung und Verlag: BoD – Books on Demand, Norderstedt.
ISBN 9783749446094

Trauer

Die Trauergemeinde, die an dem diesigen Dienstag-
morgen im Oktober auf dem Dortmunder Südwest-
Friedhof Abschied von dem Verstorbenen nahm,
umfasste viele Köpfe. Nicht nur die Familie, auch
viele politische Freunde und Parlamentskollegen
trauerten um Bernhard Baumhäuser, dem populä-
ren Abgeordneten der Grünen im Landtag von
Nordrhein-Westfalen. Der umweltpolitische Spre-
cher seiner Fraktion war wenige Tage zuvor bei einem tragischen Verkehrsunfall ums Leben gekommen.

Seine Freunde und Gegner bezeichneten es gera-
dezu als Ironie des Schicksals, dass Baumhäuser
ausgerechnet in der Region unvermittelt aus dem
Leben scheiden musste, deren Sterben er mit aller
Macht verhindern wollte.

Das fast 60-jährige Baumhaus war am späten Abend
auf einer Straße zwischen den Ortschaften Keyenberg und Kaulhausen in der Stadt Erkelenz tödlich
verunglückt. Eine scharfe Rechtskurve war ihm kurz
vor Mitternacht zum Verhängnis geworden. Er
hatte sie fatalerweise übersehen und war mit hoher
Geschwindigkeit geradeaus weiter auf einen Feldweg gefahren, hatte dort die Kontrolle über sein
Fahrzeug verloren, sich überschlagen und war in
dem Wrack verbrannt.

Wie die Polizei der Presse gegenüber erklärt hatte,
habe es sich um einen Alleinunfall gehandelt, ein

Fremdverschulden sei auszuschließen. Keyenberg, Kaulhausen, diese Ortsnamen sagten den wenigsten Trauergästen etwas, sie hatten allenfalls schon einmal den Namen Erkelenz gehört. Erkelenz, das war die Stadt, auf deren Gebiet sich größtenteils in den ersten Jahren des anstehenden Jahrtausends der gigantische Braunkohletagebau Garzweiler II erstrecken sollte, gegen den auch Baumhäuser agierte; Erkelenz, das war die Kleinstadt, die mit Vehemenz die Abbaggerungsabsichten der Rheinbraun AG bekämpfte und von den meisten Menschen in Nordrhein-Westfalen nur mitleidsvoll oder verständnislos belächelt wurde.

Der Kampf gegen die Tagebaubagger, das war der Kampf eines Davids, der noch nicht einmal eine Steinschleuder besaß, gegen einen Goliath, der sämtliche Waffen und Rechte sein Eigen nannte.

Um die Braunkohle in der Erkelenzer Börde gab es schon seit rund zwei Jahrzehnten erbitterte Auseinandersetzungen, die zunächst nur auf die Region beschränkt geblieben waren, inzwischen aber bundesweit für Aufmerksamkeit sorgten.

Kommt der Tagebau als Fortsetzung des bestehenden Tagebaus Garzweiler I oder kommt er nicht? Das war die Frage, die auch Baumhäuser immer wieder gestellt wurde und auf die es für ihn, im Gegensatz zu anderen einflussreichen Politikern, immer nur eine Antwort gegeben hatte: Der Tagebau darf nicht kommen!

Dafür werde er bis zu seinem letzten Atemzug kämpfen, hatte Baumhäuser stets verkündet.

Jetzt war er tot. Gestorben in einer Region, die nur die wenigsten Teilnehmer der Beerdigung mit Namen kannten und die sie noch weniger jemals aus eigener Anschauung erlebt hatten.

Was sollten sie auch schon auf dem platten Land, da unten hinter Mönchengladbach, wo niemand so recht wusste, ob die Gegend und ihre Bewohner noch zum Niederrhein oder schon zum Mittelrhein gehörten?

Erkelenz grenzt zwar unmittelbar an Mönchengladbach an, gehört jedoch verwaltungsmäßig zur Region Aachen.

Gedanken über dieses an sich belanglose Problem hatte sich allenfalls Hieronymus Müllejans, der sich stumm in der Trauergemeinde versteckte, schon einmal gemacht. Früher, als Kind, hatte Müllejans manchmal seine Ferien in der Einsamkeit der Erkelenzer Börde verbringen müssen; er, das aus Aachen stammende, sorgsam behütete Großstadtkind, das sich dort mit derben Landjungen prügeln musste.

Aber das war wohl mehr als 20 Jahre her, wie sich Müllejans ohne Begeisterung erinnerte. Nunmehr war Erkelenz für ihn lediglich eine Durchfahrtstation, gelegentlich auch ein Haltepunkt der Eisenbahn, wenn er ausnahmsweise auf der Fahrt von Aachen nach Düsseldorf statt der Schnellzüge eine Regionalbahn nehmen musste.

Müllejans, der als Abteilungsleiter im nordrhein-westfälischen Ministerium für Umwelt, Raumord-

7

nung und Landwirtschaft tätig war, hatte Baumhäuser nur flüchtig gekannt. Als Dezernent für Fragen der Weiterbildung des landwirtschaftlichen Nachwuchses hatte Müllejans keine sonderlich enge Beziehung zu Baumhäusers politischen Anliegen. Die Umweltpolitik und ihr Verhältnis zur Energiewirtschaft hatten bislang nicht Müllejans' Interesse gefunden und waren nicht seine Themen, dafür war ein Kollege zuständig.

Mehr der drängenden Bitte der grünen Umweltministerin folgend als aus eigenem Antrieb war Müllejans am Morgen mit der Bahn zur Beerdigung gefahren.

Eine politische Nähe zu den Grünen konnte ihm niemand nachsagen. Der parteilose Volljurist war noch zu Zeiten der sozialdemokratischen Alleinregierung nach seinem Zweiten Juristischen Staatsexamen eingestellt worden, nachdem er während seiner Referendarzeit im Ministerium mit einer positiven Arbeitsleistung aufgefallen war. Jetzt saß Müllejans als mit A 13 besoldeter Regierungsrat in seinem modernen Büro mit Blick auf den Rhein und überlegte, wie er seinen Tag am besten überbrücken konnte bis zum Dienstschluss und zur Heimfahrt nach Aachen.

Baumhäuser war Müllejans fremd geblieben, sagte ihm nicht mehr als das geplante Braunkohletagebauprojekt Garzweiler II. Wenn's sein musste und politisch gewollt war, warum nicht, fragte sich Müllejans allenfalls. ›Was habe ich damit zu tun?‹

Der Tagebau betraf doch nur eine Handvoll Menschen in einer überschaubaren Region. Und überhaupt: Irgendwoher musste der Strom kommen, den er aus der Steckdose abzapfte.

Nein, Baumhäuser oder Garzweiler II, das waren nicht seine Probleme, sagte sich Müllejans. Die wollte er sich freiwillig gar nicht erst antun. Außerdem hatte er genügend mit sich selbst und seiner privaten Situation zu tun.

Sein Leben war zunächst, so wie von ihm geplant, ordentlich und geregelt verlaufen: Abitur am Kaiser-Karls-Gymnasium in seiner Geburtsstadt Aachen, Zeitsoldat für zwei Jahre bei der Bundeswehr in Budel und Nörvenich, acht Semester Jurastudium in Bonn mit Prädikatsexamen, zweijähriges Referendariat mit einem souverän abgelegten Zweiten Staatsexamen und dann sofort auf die Bürokratenstelle in einem Landesministerium.

Auch privat lief es glatt: Er hatte Elisabeth während des Studiums kennen gelernt, sie hatten geheiratet und mit dem Nachwuchs bis zu seiner Festanstellung in Düsseldorf gewartet.

Dann kam das für ihn schmerzliche Erwachen, wenige Tage vor dem 30. Geburtstag.

Seine Frau hatte ihm Sohn Lukas geboren und ihn verlassen. Von der Wöchnerinnenstation aus zog sie direkt mit dem Säugling zu Wolfgang, seinem besten Freund, der auch der Vater von Lukas war, wie sie ohne Scham zugab. Elisabeth hatte sich seitdem nicht mehr auf Gespräche mit ihm eingelassen, ihm vielmehr über die Aachener Anwaltskanzlei Dr.

Schulz mitteilen lassen, dass sie schnellstmöglich auf Scheidung dränge und auf sämtliche Ausgleichsansprüche verzichte.

Nun hauste Müllejans allein in der geräumigen Eigentumswohnung, die ihm seine Eltern, glücklicherweise vor der Heirat, geschenkt hatten, und suchte nach dem Fehler in seiner Lebensplanung. Er hatte überlegt, wegzuziehen, einen privaten Neuanfang zu starten, aber er hatte nicht gewusst, wohin er sich treiben lassen sollte. Schon während des Studiums in Bonn war er trotz der Studentenbude in Beuel fast täglich nach Aachen gefahren, hier war er zu Hause, hier fühlte er sich im Prinzip wohl.

Und so blieb er vorerst hocken in seiner Wohnung an der Aureliusstraße, die für ihn allein viel zu groß war, die aber einen Vorteil hatte: Sie lag ruhig und dennoch zentral zur City und zum Bahnhof.

Müllejans fuhr meistens mit dem Zug, sein Auto hatte er schon vor Jahren abgemeldet. Die ewige Suche nach einem Parkplatz in seiner Wohngegend und die zunehmende Gefährdung durch immer mehr Raser auf den Straßen hatten ihn zum Verzicht bewogen. Die Eisenbahn war bequemer und in vielen Fälle auch nicht sonderlich langsamer als das Auto.

Mit dem Zug war Müllejans schnell weg aus seiner Heimatstadt nach Düsseldorf zur Arbeit, nach Köln ins Theater oder nach London und Paris. Und er war schnell wieder daheim, dort, wo nach dem Tod der

Eltern vor einem Jahr und der unerwarteten Trennung von Elisabeth niemand mehr auf ihn wartete.

»Hiero, los!« Sein Nachbar, ein Kollege aus dem Ministerium, riss ihn aus den Gedanken. Überrascht stellte Müllejans fest, dass die Trauerfeier in der Kapelle beendet war und sich die Trauernden langsam auf den Weg zur Grabstätte machten. Er trottete teilnahmslos mit, warf emotionslos einen kleinen Blumenstrauß auf den abgesenkten Holzsarg und schritt bedächtig weiter.

Erst jetzt fiel Müllejans auf, dass nur wenige Kränze den Sarg schmückten. Offensichtlich hatten die meisten der Trauergäste den letzten Willen von Baumhäuser erfüllt, der auf der Todesanzeige zu lesen war.

Statt des Blumenschmucks bat die Familie um Spenden auf ein Konto der »Vereinigten Bürgerinitiativen gegen Garzweiler II«, einer Bürgerinitiative in Erkelenz, die unverdrossen trotz aller Nackenschläge gegen den geplanten Tagebau in ihrem Stadtgebiet kämpfte.

Müllejans würde keine Mark an die Tagebaugegner überweisen. ›Ich hätte ja auch keinen Kranz gekauft‹, rechtfertigte er sich.

Der Kollege nahm ihn im Dienstwagen mit in die Landeshauptstadt, nach Düsseldorf.

»Der hat's hinter sich«, bemerkte er lässig, während sie sich auf der A46 vorwärts stauten, »bevor er überhaupt sein Ziel erreicht hatte.« Baumhäuser hätte noch eine große politische Karriere vor sich gehabt. »Der sollte sogar nach den nächsten Wahlen Umweltminister werden«, behauptete der Kollege. »Aber jetzt ist er nicht mehr und Garzweiler II hat einen Bremsstein weniger. So einfach ist das.«

Müllejans schwieg dazu, ihm war's einerlei. Er hätte auch nichts erwidern können. Das Thema und der Politiker, sie waren ihm einfach zu fremd. Baumhäusers Karriere ging ihn nichts an. Die Berichterstattung in den Medien über das Tagebauprojekt hatte er nur oberflächlich verfolgt und sie hatte ihn in seiner Auffassung eigentlich stets bestärkt: Wenn's denn sein muss...

Müllejans verkroch sich in seinem Büro hinter dem Schreibtisch und holte nach, worauf er am Morgen hatte verzichten müssen. Er las mit Ruhe die Tageszeitungen, die ihm seine Sekretärin mit der Unterschriftenmappe vorgelegt hatte.

In allen Blättern wurde nochmals die politische Tätigkeit von Baumhäuser gewürdigt, besonders sein Engagement in der politischen Auseinandersetzung um Garzweiler II.

Schon mehr als einmal war der geplante Tagebau zum Zankapfel in der Koalition zwischen SPD und Grünen geworden, die SPD befürwortete das Projekt, der Juniorpartner hatte sich dessen Verhinderung auf die Fahnen geschrieben; das drohende Ende der Koalition war schon mehrfach prophezeit worden, aber bislang nicht eingetreten. »Totgesagte leben halt länger«, pflegte der mächtige und trickreiche Ministerpräsident des Landes zu dem stets herbeibeschworenen Koalitionsende zu sagen.

12

Es würde den Grünen schwer fallen, einen kompetenten Nachfolger für Baumhäuser zu finden, so war in den Zeitungen zu lesen. Müllejans verstand den Sinn, der zwischen den Zeilen versteckt war: Ohne Baumhäuser würde es politisch leichter werden, Garzweiler II durchzusetzen.

Erbschaft

Der Blick und der Griff in den Briefkasten gehörten bei der Heimkehr zum alltäglichen Ritual, auch wenn Müllejans wusste, dass der Behälter meistens »Luftpost« erhielt. War der Briefkasten wieder einmal leer gewesen, tröstete er sich mit dem alten Spruch, dass keine Nachrichten immer noch besser seien als schlechte.

So rechnete Müllejans auch jetzt nicht damit, Post zu finden, als er am Abend die Haustür aufschloss und den Blick in den Kasten riskierte. Doch er hatte sich getäuscht. Der Briefträger hatte ihm tatsächlich eine Botschaft überbracht.

Die flüchtige Vorfreude wich einem leichten Unbehagen, als Müllejans den Brief in der Hand hielt. Das Amtsgericht Erkelenz hatte ihm ein behördliches Schreiben zugesandt.

›Hatte das etwas mit Elisabeth zu tun‹, fragte sich Müllejans spontan, um diese Überlegung als dumm zu verwerfen. War er vielleicht als Zeuge geladen? Was sollte der Brief?

Aber er widerstand der Versuchung, schon im Hausflur den Briefumschlag aufzureißen.

Auch das gehörte zum Ritual: Erst am Küchentisch wurde in aller Ruhe die Post sortiert, geöffnet und gelesen; so hatte es Müllejans schon bei seinen Eltern gelernt und so hatte er es fortgeführt.

Zunächst wurden der dunkle Mantel ordentlich an der Garderobe aufgehängt, die braune Aktentasche neben den Schreibtisch gestellt, der Schlipsknoten gelöst und die schwarzen Straßenschuhe gegen die Pantoffeln getauscht. Dieses Verhalten hatte sich Müllejans durch langjährige aufgezwungene Übung angewöhnt. Nur gegen das Bemühen seiner Familie und Elisabeths, ihn nach der Arbeit oder am Wochenende zu Hause in eine Freizeithose zu stecken, dagegen hatte sich Müllejans beharrlich und erfolgreich wehren können. Er kleidete sich morgens mit seinem Anzug und zog ihn normalerweise erst abends, wenn er zu Bett ging, wieder aus.

Er hatte angestrengt nachgedacht, konnte aber keine Erklärung für das Schreiben finden. Was wollte das Amtsgericht von ihm, fragte sich Müllejans, als er endlich den blassgrünen Briefumschlag öffnete. Er hatte seine Gelassenheit wiedergewonnen. Dramatisch konnte der Inhalt nicht sein, dann hätte man ihm den Brief mit Rückantwortschein geschickt. ›Meine Sterbeurkunde wird es garantiert nicht sein‹, scherzte er mit sich, also konnte

14

es sich auch nicht um ein gravierendes Problem handeln.

Dennoch war Müllejans verdutzt, als er das amtliche Schreiben las. Das Amtsgericht teilte ihm mit, er sei alleiniger Erbe von Annegret Jansen aus Erkelenz, die vor einigen Monaten gestorben war. Nach den Nachforschungen des Gerichts war Hieronymus Müllejans der einzige bekannte, noch lebende Verwandte der Erblasserin.

Binnen vier Wochen sollte Müllejans mitteilen, ob er das Erbe antreten oder ablehnen würde. Er würde gegebenenfalls gegen Erstattung einer Gebühr den Erbschein erhalten. Welchen Umfang die Erbschaft hatte, wurde in dem Schreiben nicht erklärt.

›Die sind gut‹, dachte sich Müllejans. ›Was soll ich damit?‹ Welchen Sinn würde ein Erbe machen, über das er nichts wusste? ›Wenn das Erbe aus einem Berg Schulden besteht, bin ich gekniffen‹, überlegte er, ›wenn's viel Geld ist, habe ich gute Karten.‹

Nachdenklich drehte Müllejans das amtliche Schreiben zwischen den Fingern.

Annegret Jansen? Das konnte nur Tante Annegret sein. Irgendwie schlug das Leben merkwürdige Kapriolen, wunderte sich Müllejans. Jahrelang hatte er nicht mehr an die Großtante gedacht. Aber heute Morgen, bei der Beerdigung in Dortmund, da war sie ihm wieder in den Sinn gekommen als die Tante, bei der er als Kind die Ferien verlebte.

Und jetzt hielt er einen Brief in der Hand und erfuhr, dass sie tot war, mit Sicherheit längst schon begraben, da hinten in Erkelenz.

Müllejans hatte bislang nichts von ihrem Ableben gewusst, er war vielmehr davon ausgegangen, dass die Großtante schon vor Jahren in aller Stille das Zeitliche gesegnet hatte. Sie war ihm bereits damals, vor mehr als 20 Jahren, so alt vorgekommen, als er bei ihr drei oder vier Jahre lang in den Sommerferien leben musste, weil es die Eltern so wollten.

Wie hieß noch das Kaff, fragte sich Müllejans. Er wusste den Namen nicht mehr, es musste sich um ein Dorf in der Nähe von Erkelenz gehandelt haben. Seine Eltern hatten ihn damals, in seinen Kindheitstagen, in Aachen in den Zug gesetzt, in Erkelenz hatte ihn Tante Annegret am Bahnhof abgeholt und war mit ihm mit dem Bus aufs Land gefahren. Auf einem Bauernhof in einem kleinen Dorf, an das Müllejans noch nicht einmal mehr vage Erinnerungen hatte, hatte die Großtante gelebt, kinderlos, damals schon verwitwet, nie aus der Erkelenzer Börde herausgekommen.

Hieronymus verschaffte ihr für einige Wochen das seltene Gefühl, für ein Kind verantwortlich zu sein. Sie hatte ihn bemuttert, verwöhnt, so sehr mit Süßigkeiten überhäuft, dass er die Leckereien anschließend monatelang nicht mehr mochte.

Müllejans kramte einige flüchtige Erinnerungsfetzen zusammen, er wusste noch, dass er froh war, als er endlich nicht mehr zu Tante Annegret fahren musste. Einige Jahre lang hatte er auf Drängen seiner Mutter der Großtante Grüße zum Weihnachtsfest oder Glückwünsche zum Namenstag geschickt, dann hatte er auch diese seltenen Kontakte einschlafen lassen.

Tante Annegret hatte seitdem nicht mehr zu seinem Leben gehört. Erst nach ihrem Tod wurde sie plötzlich wieder zu einem Bestandteil davon.

Im Nachhinein bedauerte Müllejans, sich nicht mehr um die Großtante gekümmert zu haben. Sie hatte ihm alles hinterlassen, er hatte sie beerbt, ohne zu wissen, warum, und ohne zu wissen, was er geerbt hatte.

Müllejans war aufgestanden und hatte hungrig im Kühlschrank nach einem Essensrest gesucht. Ohne die regelmäßigen Mahlzeiten am Abend, auf die er nach dem Auszug von Elisabeth verzichten musste, fehlte ihm etwas. Gedankenlos stopfte er ein Stück Camembert und eine Scheibe gekochten Schinken in sich hinein. Mit einem Schluck Mineralwasser aus der Flasche rundete er sein dürftiges Abendessen ab.

Es wäre ihm ein Leichtes gewesen, in einem Restaurant oder in der Pommesbude etwas Warmes zu kaufen, aber es hätte ihm nicht geschmeckt. Alleine machte ihm das Speisen keinen Spaß und die wenigen Freunde, mit denen er sich gelegentlich traf, verspürten nicht die Lust, sich beim Essen sein Lamentieren über die Arbeit und sein Alleinsein anzuhören.

Im Sommer war es für Müllejans einfacher, da machte er sich am Abend noch auf zur Tennisanlage beim Postsportverein an der Krefelder Straße. Da fand er in seinem Klub immer einen Mitspieler oder Gesprächspartner.

Aber im Herbst war es nicht mehr weit her mit der sportlichen Aktivität. Jetzt verabredeten sich seine Freunde mit ihm zu einem Besuch auf dem Tivoli bei der Alemannia oder zu einem Bier in der Innenstadt. Gegenseitige Besuche in den Wohnungen waren seltener. Die meisten von Müllejans' Freunden waren liiert und zogen die traute Zweisamkeit oder das langsam sprießende Familienleben vor, da fühlte sich Müllejans nicht zu Unrecht oft wie das fünfte Rad am Wagen.

Die Besuche waren noch seltener geworden, seitdem Wolfgang nicht mehr zu seinem Freundeskreis gehörte.

Müllejans hatte sich niemals etwas dabei gedacht, wenn Wolfgang schon in seiner Wohnung bei Elisabeth saß, wenn er aus Düsseldorf nach Hause kam und es war für ihn selbstverständlich gewesen, dass der Freund auch am Abendessen teilnahm.

›Habe ich eigentlich Freunde?‹, fragte sich Müllejans zweifelnd. Es gab wohl niemanden mehr, dem er noch vertrauen konnte oder wollte.

Dennoch war er froh, wenn ihn jemand anrief und fragte, ob er mitkomme.

An diesem Wochenende hatte Müllejans nichts vor, sein Wandkalender in der Küche war unbeschrieben. Auch hing an der Pinnwand kein Notizzettel.

Eigentlich, so überlegte er, als er das Schreiben des Amtsgerichts in sein Arbeitszimmer brachte, könnte er die freien Tage nutzen, um sich über Tante Annegret und die Erbschaft schlau zu machen.

Am Donnerstag würde er etwas früher Feierabend machen und sich in Erkelenz orientieren, am Freitag einen Urlaubstag nehmen, um beim Amtsgericht und der Stadtverwaltung in Erkelenz wegen der Angelegenheit nachzufragen.
An seinem Schreibtisch griff Müllejans nach dem dicken Telefonbuch und war erfreut, darin auch das Erkelenzer Ortsnetz zu finden.
Neugierig suchte er nach dem Namen Annegret Jansen, doch gab er die Suche sehr schnell auf.
Offenbar hörte mehr als die Hälfte aller Erkelenzer auf den Familiennamen Jansen und machte sich einen Spaß daraus, sich ohne Vornamen und Straßenangabe ins Telefonverzeichnis eintragen zu lassen.
Es hatte keinen Zweck, die lange Liste zu durchforsten.
Es gab einfach zu viele Jansen in Erkelenz.

Ansprüche

Es würden immer noch Widersprüche gegen die Zulassung des Rahmenbetriebsplans Garzweiler II beim Bergamt Düren eingelegt, las Müllejans in der Zeitung, als er am Mittwoch mit dem Zug nach Düsseldorf fuhr. ›Wieso eigentlich?‹, fragte er sich. Der Tagebau war doch längst von der Politik genehmigt, von den Behörden zugelassen und konnte nicht mehr verhindert werden, so glaubte er jedenfalls zu wissen. Zugleich wunderte er sich, dass er diesmal eine Meldung über den geplanten Tagebau nicht nur zur Kenntnis nahm, sondern auch darüber nachdachte.

›Es muss mit Tante Annegret zusammenhängen‹, vermutete er. Sie hatte wohl, wie ihm in Erinnerung kam, in einem Dorf in der landwirtschaftlich geprägten Börde gelebt; der Region, unter der die Braunkohle lagerte, die Rheinbraun gewinnen und zur Stromerzeugung durch die Konzernmutter RWE nutzen wollte. Jetzt würde die Tante dort irgendwo auf einem Friedhof liegen.

Was würde mit der Grabstätte geschehen, wenn der Tagebau beginnen würde? Wohin kämen eigentlich die Toten?

Müllejans gestand sich ein, sich mit derartigen Problemen bislang nicht beschäftigt zu haben, er hatte allerdings auch keinerlei Veranlassung gehabt, sich damit zu befassen. Aber er nahm sich vor, dafür zu sorgen, dass seine Großtante ihre ewige Ruhe finden würde. Das sei das Einzige, das er noch für sie tun konnte.

›Und ich werde es tun‹, sagte er sich.

Ob sie ihm Informationen über den Braunkohletagebau Garzweiler II besorgen könne, bat Müllejans seine Sekretärin, als sie die Zeitungen und die Unterschriftenmappe ins Büro brachte.

Sie werde sich bemühen, hatte sie wenig erfreut zugesagt und ihn mit seiner Zeitungslektüre allein gelassen.

Lange konnte Müllejans sich nicht in die Zeitungen vertiefen. Das Telefon unterbrach das anregende Vergnügen.

»Hiero, was willst du denn über Garzweiler II wissen?«, meldete sich erstaunt sein Kollege Michels, der in der wasserwirtschaftlichen Abteilung des Umweltministeriums tätig war. Müllejans hatte gemeinsam mit ihm den Staatsdienst begonnen, bei den Abteilungsleiterbesprechungen und auch beim Essen in der Kantine trafen sie sich regelmäßig.

»Was hast du im Angebot?«

»Alles«, war die prompte Antwort. »Wenn ich dir alles gebe, hast du auf Jahre genug zu lesen. Die Planung des Tagebaus läuft schon seit mehr als einem Dutzend Jahren, da sind etliche Regalmeter Aktenordner zusammengekommen.«

So sehr sei er nun auch nicht auf Informationen erpicht, schwächte Müllejans ab. »Mir geht es nur um eine grundsätzliche Information. So frei nach dem Motto: Wer, was, wann und wo?«

»Und warum?«, fügte Michels hinzu. Damit könne er dienen, er würde eine Broschüre der Landesregierung rüberschicken. »Dann hast du alles Wesentliche auf einen Blick.«

»Aber lasse die Politik weg«, bat Müllejans, »ich will die Fakten, nicht das politische Geplärre.«

»Keine Sorge«, beruhigte ihn der Kollege, »die Politik hat doch sowieso nichts zu sagen.«

Müllejans musste nicht lange warten, bis das kleine Heft vor ihm lag. Offensichtlich ließ es sich darin nicht vermeiden, dass eine politische Grundsatzüberlegung am Anfang stand. »Braunkohle ist ein sicherer, kostengünstiger und verfügbarer Rohstoff, der subventionsfrei gewonnen werden kann und dessen Einsatz zur Energiegewinnung im Vergleich zu großtechnischen Alternativen wie Kernenergie grundsätzlich geringere Risiken für Mensch und Umwelt mit sich bringt. Die heimische Braunkohle ist und bleibt deshalb wie die Steinkohle ein Eckpfeiler der Energiepolitik des Landes, die auf eine beherrschbare, ökologisch vertretbare, sichere und preiswerte Energieversorgung ausgerichtet ist«, las Müllejans. Das klang gut und auch die nächste Passage wirkte überzeugend: »Die volkswirtschaftliche Effizienz der Braunkohle ist deshalb ein unverzichtbarer Beitrag zu wettbewerbsfähigen Produktionsverhältnissen in Nordrhein-Westfalen und sichert zukunftsträchtige Arbeitsplätze.«

Müllejans überflog die weiteren Abschnitte, in denen der Aufschluss des Großtagebaus Garzweiler II begründet wurde. Ihn interessierten mehr die Fakten, auf die er spät stieß.

Garzweiler II, der als Anschlussbetrieb von Garzweiler I bezeichnet wurde, sollte eine Fläche von 66 Quadratkilometern umfassen und einen Kohlevorrat von 1,6 Milliarden Tonnen Braunkohle beinhalten. Rund 12.000 Menschen aus 18 Ortschaften mussten im geplanten Abbauzeitraum von 2005 bis 2045 umgesiedelt werden.

Einer Grafik entnahm Müllejans den Umfang des Tagebaus, der unmittelbar an die Kernstadt von Erkelenz grenzte. Das gibt ein gewaltiges Loch, dachte er sich, während er weiter durch die Broschüre blätterte.

Dann stutzte er, als er andere Zahlen las. Da war auf einmal nur noch von 8.000 Umzusiedelnden die Rede, von elf Ortschaften und von 48 Quadratkilometern der Erkelenzer Börde.

Erst beim zweiten Lesen fand Müllejans heraus, dass das Plangebiet verkleinert worden war. Die Landesregierung hatte das Projekt 1991 nur in einem kleineren Rahmen für verantwortbar gehalten, als es 1987 von Rheinbraun beantragt worden war. Um die Umsiedlungsproblematik zu entspannen und die Risiken für die Natur zu mindern, musste Rheinbraun das Plangebiet verkleinern und durfte eine so genannte wasserwirtschaftlich-ökologische Schutzlinie nicht überschreiten.

›Die Politik hat also doch etwas zu sagen‹, erinnerte sich Müllejans. Die Tatsache der von der Landesregierung veranlassten Verkleinerung des Tagebaus sprach gegen die Behauptung von Michels.

Interessiert las Müllejans weiter, als er auf den Begriff Restsee stieß. Das hörte sich positiv an. Nach dem Abbau der Braunkohle würde mangels Füllmasse ein gewaltiges Loch bleiben, das mit Rheinwasser gefüllt werden sollte. Bei einer jährlichen Zuführung von 60 Millionen Kubikmeter Wasser sollte der Restsee mit einer Fläche von 23 Quadratkilometern und einer maximalen Tiefe von 180 Metern nach 40 Jahren gefüllt sein.

›Das erlebe ich ohnehin nicht mehr‹, dachte sich Müllejans. Das dürfte so annähernd um das Jahr 2090 herum sein, ehe auf dem neuen Erkelenzer See die ersten Segelboote fahren würden.

Dann würde niemand mehr an Tante Annegret denken und auch er würde längst das Zeitliche gesegnet haben. ›Wir sind halt nichts auf dieser Welt‹, meinte Müllejans in melancholischer Selbsterkenntnis, ›aber wir sollten aus unserem Nichts das Beste machen, Träume leben, Ziele verfolgen.‹

Ein konkretes Ziel hatte sich Müllejans nach der Lektüre fest vorgenommen: Tante Annegret sollte nicht in der Baggerschaufel enden, wenn die Börde abgegraben würde. Er würde sie umbetten an eine Stelle, die vom Tagebau verschont bliebe.

Müllejans nahm sich vor, sich darum in den nächsten Tagen zu kümmern. Tante Annegret hatte es verdient, sagte er sich, als er nach Hause fuhr.

In der Bahnhofsbuchhandlung hatte er sich einen ADAC-Stadtplan von Erkelenz besorgt, in dem er im Zug vorsichtig blätterte.

Erkelenz bestand nach diesem Plan augenscheinlich aus einem in sich abgeschlossenen Zentrum und immens vielen Ortschaften östlich und westlich in einer Landschaft, die nach der Legende vor allem aus Feld und Flur bestand.

Müllejans las viele Ortsnamen, die ihm fremd vorkamen: Berverath etwa oder Vossem, Pesch oder Genfeld.

Interessiert suchte er nach der Straße, an der Baumhäuser verunglückt war. Die Ortsnamen Keyenberg und Kaulhausen fielen Müllejans ein und er folgte von Keyenberg aus mit dem Finger auf der Karte dem Verlauf der Landstraße. Tatsächlich knickte die L 354 kurz hinter dem Ortsausgang Unterwestrich fast in einem Winkel von 90 Grad nach rechts ab, während geradeaus der Feldweg verlief.

Dort musste Baumhäuser den Fahrfehler begangen haben, der ihn das Leben kostete.

Aber noch etwas fiel Müllejans bei Unterwestrich ein. Tante Annegret hatte in einem Ort mit einem ähnlichen Namen gelebt, den er auf der Karte suchte; und er stieß auf Oberwestrich. Es musste Oberwestrich gewesen sein!

»Stimmt«, sagte Müllejans laut in das volle Zugabteil hinein. »Es war Oberwestrich«, und er nahm sich vor, am Wochenende in dem kleinen Dorf nach den Spuren der Großtante zu forschen.

Schnell steckte er den Stadtplan in seine Aktentasche und schaute aus dem Zugfenster hinaus. Auch
das gehörte zu seinen tagtäglichen Gewohnheiten.
Stets auf der linken Seite im Abteil in Fahrtrichtung
Aachen sitzend, blickte er nach dem Halt in Herzo-
genrath hinaus und genoss die wenigen wunder-
schönen Ausblicke, die ihm der Zug auf das idylli-
sche Wurmtal gewährte.

Weniger erfreulich war der Blick auf den Brief, den
Müllejans bei seiner Rückkehr in seinem Postkasten
fand. Das Schreiben der Anwaltskanzlei Dr. Schulz
war noch nicht einmal abgestempelt. Offenbar
hatte es jemand sehr eilig gehabt.
Was Elisabeth wohl jetzt von ihm wollte, fragte sich
Müllejans, als er am Küchentisch sitzend den Umschlag öffnete.
Das Schreiben war förmlich gehalten. Der Anwalt
wies darauf hin, dass seine Mandantin ihren Verzicht auf Ausgleichszahlung bei einer Scheidung
nicht aufrechterhalte und stattdessen auf einen
Ausgleich bestehe. In Vertretung hatte ein Tobias
Grundler das Papier unterschrieben.
Müllejans brauchte nicht lange zu überlegen, um
herauszufinden, was Elisabeth zu dieser Kehrt-
wende veranlasst hatte. Ein Blick auf den Schreibtisch verriet ihm, dass sie den Brief des Amtsgerichts aus Erkelenz gelesen haben musste.
Auch nach ihrem Auszug besaß seine Gattin weiterhin einen Schlüssel zur Wohnung und schon mehrmals hatte sie Müllejans' Abwesenheit ausgenutzt,

um persönliche Dinge zu holen oder zu spionieren, wie Müllejans' Freunde behaupteten. Er sei selten blöd, ihr weiterhin den Zugang zu erlauben, hatten sie gelästert und ihm wiederholt empfohlen, er solle ihr den Schlüssel abnehmen.

›Nun stehe ich da mit meinem dummen Gesicht‹, schimpfte Müllejans mit sich über seine eigene Bequemlichkeit. Er dachte kurz nach, dann rief er kurz entschlossen in der Kanzlei an.

»Grundler, du Arsch«, fauchte er den Vertreter von Schulz an. »Ist das der Lohn für meine Bemühungen bei unserem gemeinsamen Studium? Jetzt fällst du mir hinterhältig und feige in den Rücken.« Müllejans wusste, dass er in diesem Tonfall und mit dieser Ausdrucksweise mit Grundler reden konnte.

Tobias Grundler war nur wenige Jahre älter als er. Sie hatten am Juridicum in Bonn viele Seminare und Übungen gemeinsam besucht und damals schon, zu Studienzeiten, hatte Grundler mit Schulz zusammengearbeitet.

»Grundler, was soll der Scheiß?«

»Du meinst den Liebesbrief, den ich dir in den Kasten gesteckt habe?«, fragte Grundler provozierend gelassen und langsam zurück.

»Was denn sonst?«, schnaubte Müllejans. »Du kennst wahrscheinlich die wahren Hintergründe nicht, mein Freund.«

»Dein Freund bin ich vielleicht privat, jetzt bist du mein Feind«, konterte Grundler, amüsiert darüber, eine Retourkutsche anbringen zu können. »Deine wahren oder unwahren Hintergründe interessieren mich einen feuchten Kehricht, nämlich überhaupt nicht. Wir haben eine äußerst attraktive Mandantin, die die Nase von ihrem Langweiler im Ehebett voll hat und deshalb das Weite sucht. Wenn du ihr verschwiegen hast, welcher Goldesel sich hinter deinem biedermännischen Gehabe verbirgt, darfst du dich nicht wundern, wenn sie auch ein paar Goldstücke haben möchte, mein Goldstück.«

»Tobias, sei vernünftig«, stöhnte Müllejans. »Fakt ist, dass meine Nochfrau auf meinem Schreibtisch in meiner Post herumgestöbert hat und dabei gelesen hat, dass ich Alleinerbe einer Annegret Jansen aus Erkelenz bin. Es ist nicht einmal sicher, ob ich das Erbe antrete, ich muss zuerst einmal wissen, was ich überhaupt bekomme.«

»Wenn du's weißt, sage mir bitte Bescheid. Du bist dazu verpflichtet«, fiel ihm der langjährige Bekannte ins Wort. »Ich kann dir nur zwei Ratschläge geben: Schlafe einmal über den Brief und schaffe dir endlich ein anderes Türschloss an!« Grundler schlug einen versöhnlichen Tonfall an: »Vielleicht sollten wir einmal in Ruhe darüber reden. Du kannst mich gerne am Wochenende anrufen, mein Freund.«

Datenschutz

Es blieb bei Müllejans' frommem Wunsch, schon am Donnerstag erste Erkundigungen in Erkelenz anzustellen. Ausgerechnet an diesem Tag hatte die Ministerin überraschend eine Deko, eine Dezernentenkonferenz, einberufen, bei der es um die absolut unwichtige Frage ging, ob bei der Renovierung der Flure im Ministerium Marmor oder Parkett verlegt werden sollte. Wie so oft ging die Diskussion mit dem Ergebnis zu Ende, das die Ministerin bereits zu Beginn als ihre Meinung vertreten hatte.

Müllejans sah verärgert aus dem Fenster, als die Regionalbahn nach 18 Uhr im Erkelenzer Bahnhof anhielt und nach nicht einmal einer Minute wieder abfuhr. Um diese Zeit waren alle Behörden geschlossen, mithin musste er sein Anliegen auf den nächsten Tag verschieben in dem Wissen, dass Ämter freitags generell gegen Mittag das Wochenende einläuten.

›Das wird verdammt knapp‹, vermutete Müllejans, als er sich am Freitag kurz nach neun wieder mit dem Zug Erkelenz näherte. Die Erinnerung an die Kindheit, als er von Jahr zu Jahr mit stets größerem Unbehagen auf den Bahnsteig geklettert war, wurde wach. Er schaute sich um, aber ihm fiel an der Umgebung nichts auf, das es schon damals gegeben haben könnte. Überrascht war Müllejans über das große, von Schülern künstlerisch gestaltete Graffitigemälde an den Wänden der Unterführung zwischen den beiden Bahnsteigen, überrascht war er auch über den ersten Anblick, den ihm die Stadt bot, als er aus dem nüchternen, kleinen, etwas heruntergekommenen Bahnhof hinaustrat. Der Platz, auf dem er stand, mit den Taxis vor ihm und den Bushaltestellen an der linken Seite, vermittelte ihm den Eindruck, als befände er sich mitten in der Stadt. Auf der gegenüberliegenden Straßenseite gab es eine geschlossene, moderne Häuserzeile. Es war nicht wie in vielen anderen Städten, wo der Bahnhof oft irgendwo verschämt am Rande versteckt war. Der Standort sprach dafür, dass die Stadt schon sehr früh an das Schienennetz angebunden worden war und sich um die Station entwickelt hatte.

Müllejans' Blick fiel auf einen großen Stadtplan am Rand des Gehwegs, den er schnell ansteuerte. Verblüfft stellte er fest, dass die Stadt den geplanten Tagebau Garzweiler II nicht verheimlichte. Deutlich und auffällig waren die alte und die neue Abbaugrenze auf dem Plan eingezeichnet, aus dem Begleittext neben dem Verzeichnis der Straßennamen konnte Müllejans erkennen, dass sich die Begeisterung für den Tagebau in Grenzen hielt.

Die Zahlen und Fakten, die aufgelistet waren, kannte Müllejans bereits aus der Broschüre von Michels. Augenfälliger und einprägsam war der Slogan »Wir sagen No zu Zwo«, mit dem die Stadt ihre Abneigung gegenüber Garzweiler II deutlich machte.

An der Kölner Straße, so hatte Müllejans dem amtlichen Schreiben entnommen, lag das Amtsgericht. Es musste in unmittelbarer Nähe sein, erkannte er mit einem Blick auf den Stadtplan.

Er brauchte nur schräg über einen beampelten Platz zu gehen, dort war, als Behördenbau unverkennbar, das Gericht in einem schmucklosen Hochhaus untergebracht. Der nüchterne, kantige Betonklotz stand im krassen Gegensatz zu einer kleinen, antiken Stele, die davor zwischen drei Laubbäumen auf einer Grünfläche platziert war. Stammt wohl aus der Römerzeit, schätzte Müllejans.

Seine Vermutung traf zu. Der Mitarbeiter des Amtsgerichts in der Abteilung für Erbschaftsangelegenheiten, zu dem er sich durchgefragt hatte, bestätigte die Einschätzung. »Das ist eine Jupitersäule. Das Original dieser Stele wurde im Erkelenzer Stadtgebiet zwischen den Orten Kleinbouslar und Lövenich gefunden. Es ist die einzige noch vollständig erhaltene Jupitersäule aus der Römerzeit nördlich der Alpen. Sie steht jetzt im Rheinischen Landesmuseum in Bonn, uns hat man diese Kopie vor die Tür gestellt.« Der Gerichtsmitarbeiter hatte sich Müllejans' Brief vorgenommen und sah seinen Besucher fragend an. »Was kann ich für Sie tun?«

Müllejans lächelte verlegen. »Vielleicht können Sie mir sagen, was ich überhaupt erbe?«

»Woher soll ich das wissen? Wir haben nur herausbekommen, dass Sie der Alleinerbe sind.« Der Beamte zuckte mit den Schultern. »Mehr weiß ich nicht.« Er überlegte und vermittelte Müllejans den

Eindruck, zumindest helfen zu wollen. Dann griff er zum Telefon. »Vielleicht weiß mein Kollege mehr.« Müllejans hörte nicht zu, während der Mann telefonierte. Er betrachtete staunend ein Poster, das der Bedienstete an eine Wand gepappt hatte. »Was Menschen in Jahrtausenden geschaffen, Rheinbraun zerstört in Sekunden!«, las er auf der Zeile zu einer Zeichnung, auf der sich ein Schaufelradbagger durch ein Feld fraß und sich einem Dorf näherte.

»Kein Freund von Garzweiler II?«, fragte er den Mann, der räuspernd das Telefonat beendet hatte. »Gibt's die?«, fragte der Bedienstete zurück. »Die sollen bleiben, wo sie sind.« Er sah Müllejans mit einem entschlossenen Blick an. »Ich kämpfe gegen die Bagger bis zu meinem letzten Stündlein.«

Er winkte ab. »Jetzt zu Ihnen und Ihrer Erbschaft. Mein Kollege kann uns auch nicht schlauer machen, als wir schon sind. Merkwürdig ist nur eins: Sie sind der Dritte innerhalb einer Woche, der sich über die Hinterlassenschaft von Annegret Jansen informiert.« Er deutete ein Lächeln an. »Aber keine Sorge, Sie sind der einzige Erbberechtigte.«

»Wissen Sie denn wenigstens, wo meine Großtante gewohnt hat?«

Doch wieder wurde Müllejans enttäuscht. »Wir haben von der Stadtverwaltung nur die Mitteilung bekommen, dass Annegret Jansen das Zeitliche gesegnet hat und Sie der Erbe sind.«

»Dann muss ich wohl ins Rathaus«, seufzte Müllejans wenig begeistert. »Wie komme ich dahin?«

»Nichts leichter als das«, bekam er zur Antwort. »Sie gehen die Kölner Straße stadteinwärts, unter den Adlerflügeln an der Post hindurch in die Fußgängerzone hinein, weiter geradeaus am Alten Rathaus vorbei und hinter der Kirche entlang auf den Johannismarkt. Dort finden Sie am linken hinteren Ende das Rathaus, von seinem Erbauer auch Beamtenaquarium genannt.«

»Wieso?«

Der Gerichtsmitarbeiter lachte. »Durch die Fenster kam man gut in die Büros blicken und beobachten, wie die Verwaltungsbeamten im Schlaf nach Luft schnappen.«

Zügig marschierte Müllejans los. Schon von weitem konnte er an der Kölner Straße das gewöhnungsbedürftige, flügelähnliche Gebilde erkennen, das in einem verkehrsberuhigten Bereich eine Bushaltestelle überdachte. Der Betrieb in der anschließenden Fußgängerzone erstaunte Müllejans, einen Markt, auf dem sich die Menschen drängelten, mit allen möglichen Ständen, hätte er nicht in dem ihm so fremden Städtchen erwartet. ›Gar nicht so schlecht‹, dachte er sich, als er ein frei stehendes, weißes Gebäude ansteuerte, ›das kenne ich doch. Hier war ich schon einmal mit Tante Annegret.‹

Eine Plakette klärte ihn auf. Er stand vor dem Alten Rathaus, das mehr als 450 Jahre alt war und mit seiner Konstruktion der Arkaden angeblich Vorbild für die ersten Rathäuser in Amsterdam, Bremen und Paderborn war.

Verdammt viel Kulturgeschichte auf kleinstem Fleck, erst die Jupitersäule, dann das Rathaus. »Gibt's hier überhaupt etwas Besonderes?«, fragte Müllejans interessiert an einem Marktstand, an dem er Lakritze kaufte.

»Es geht«, antwortete der Verkäufer beiläufig, »da gibt's unter anderem das Rathaus, die Burg und den zweithöchsten Kirchturm im Rheinland nach dem Kölner Dom.« Er zeigte mit der rechten Hand in die Höhe. »Darüber sind die Aachener stinksauer, weil wir Erkelenzer mit dem Lambertiturm den höheren Kirchturm haben.«

Müllejans verzichtete auf eine Antwort und schaute nach oben am anderen Ende des Marktplatzes. Der nüchterne, rote Backsteinbau des Kirchenschiffs stand im Kontrast zum wirklich imposanten Turm. »Wo geht's zum Rathaus?«, fragte er stattdessen und konnte sich die Erläuterung schon denken: »Weiter geradeaus und dann hinter der Kirche links hinten am Platz.«

Müllejans fand das Rathaus, einen schnörkellosen, gelb verklinkerten Nachkriegsbau, ohne große Mühe.

»Zum Einwohnermeldeamt möchte ich«, sprach er einen älteren, grauhaarigen Mann an, der im Eingangsbereich hinter einer Glasscheibe in der Telefonzentrale saß und anscheinend auch als Auskunftsperson fungierte. Aber der Mann reagierte nicht, er drückte vielmehr auf etlichen Knöpfen der Vermittlungsanlage, legte den Hörer auf und griff genervt sofort wieder danach, als es erneut klingelte.

»Da sind Sie hier falsch«, sagte an seiner Stelle eine junge Frau, die neben Müllejans getreten war und seine Bitte mitbekommen hatte. Sie sah ihn mit großen, blauen Augen und einem freundlichen Lächeln an, verwies ihn an einen Nebeneingang und erklärte den Weg dorthin. »Viel Glück!«, rief sie ihm schelmisch nach, als er das Rathaus wieder verließ.

Wenige Meter weiter fand Müllejans das Amt und pustete durch. Offensichtlich war die halbe Stadt gekommen, um Behördengänge zu erledigen. Das kann ja heiter werden, dachte sich Müllejans, als er sich in einer langen Schlange einreihte. ›Ob ich noch vor Mittag dran bin?‹

Der stämmige Beamte sah ihn argwöhnisch an, als Müllejans endlich vor ihm stand. ›Du bist fremd hier‹, sagte sein Blick, ›ich kenne dich nicht.‹ »Was wünschen Sie?«

Ruhig und in kurzen Sätzen schilderte Müllejans sein Anliegen. Er sei auf der Suche nach dem Wohnort von Annegret Jansen und er wolle wissen, wann sie wo gestorben sei. Er sei der Alleinerbe, meinte er mit einem Hinweis auf den Erbschein, den der Beamte zweifelnd las.

Der Beamte rieb sich nachdenklich das Kinn. Dann schüttelte er den Kopf. »Ich glaube nicht, dass ich Ihnen helfen kann. Datenschutz und so, Sie verstehen?«

»Nein.« Müllejans verstand nicht. »Das ist doch meine Großtante«, sagte er.

»Das reicht mir aber nicht. Holen Sie sich eine notarielle Bestätigung oder am besten noch eine Erlaubnis unseres Stadtdirektors. Dann lasse ich Sie vielleicht in unserer Einwohnerkartei schnuppern.« Der Mann schaltete schwungvoll den Computer aus. »Heute läuft ohnehin nichts mehr. Wir haben Feierabend.« Sprach's, stand auf und ließ Müllejans stehen.

Müllejans wusste nicht, wie ihm geschah. Er ging hinaus auf die Straße und bemühte sich, seine Gedanken zu sortieren.

»Na, Glück gehabt?«, hörte er eine freundliche Stimme in seinem Rücken fragen. Er drehte sich um und erkannte die Frau aus dem Rathaus wieder.

»Nein.« Kurz schilderte er seine Abfuhr.

»Der ist bekloppt«, war ihre spontane Reaktion. »Wissen Sie was? Kommen Sie morgen früh wieder, dann bin ich im Bürgeramt. Sie bekommen von mir alles, was Sie brauchen.« Sie lachte ihn wieder an, als sie sein Erstaunen sah. »Bei uns in Erkelenz gibt's den Service für den Bürger auch am Samstag. Wohl noch nie etwas vom Bürgeramt gehört?« Sie winkte Müllejans vergnügt zu.

Er sah verblüfft der zierlichen Person nach, die flink ums Eck in einer Gasse verschwand.

Unfall

Unschlüssig ging Müllejans zurück in die Fußgängerzone und blieb mit einem Tunfischbrötchen, das er in einem Fischgeschäft gekauft hatte, vor einem Zeitungsaushang in einem Schaufenster stehen. In den Lokalteilen zweier Zeitungen wurde als Aufmacher über eine Aktion der Vereinigten Bürgerinitiativen gegen den Tagebau berichtet. In Kommentaren lobten die Journalisten das ungebrochene Engagement der Tagebaugegner und sie kamen unabhängig voneinander zu dem Fazit, dass sich der Protest noch lohne, der Tagebau könne verhindert werden.

Müllejans wunderte sich über diese Zuversicht, sie stand im krassen Gegensatz zu den öffentlichen Äußerungen, die er in Düsseldorf oder in der überregionalen Presse mitbekam. Der Eindruck, der in Erkelenz vermittelt wurde, ließ die Hoffnung aufkeimen, als sei das Rheinbraun-Projekt längst noch nicht in trockenen Tüchern.

In einer Meldungsspalte entdeckte Müllejans eine Information über einen glimpflich verlaufenen Verkehrsunfall auf der »Todesstrecke«, der Landstraße 354, auf der unter mysteriösen Umständen erst vor wenigen Tagen der Landtagsabgeordnete Baumhäuser tödlich verunglückt war.

›Wieso mysteriöse Umstände?‹, fragte sich Müllejans. ›Wenn jemand zu schnell ist und die Kurve übersieht, ist das Pech, nicht mehr und nicht weniger.‹ Dennoch hatte der Hinweis sein Interesse geweckt. Er trat in die Geschäftsstelle des Zeitungsverlags und fand dort an einem Stehpult die abgehefteten Zeitungen der letzten beiden Monate.

Selbstverständlich, so signalisierte ihm eine Angestellte zuvorkommend, sei es möglich, darin zu blättern.

Müllejans war überrascht über den Umfang, den die Berichterstattung über den Unfall von Baumhäuser einnahm. Fast eine komplette Seite war dem tragischen Geschehen gewidmet, beginnend mit einer Informationsveranstaltung in Immerath und endend mit dem ausgebrannten Wrack auf dem Feld.

Mit Begeisterung war Baumhäusers ablehnende Position zum Tagebau Garzweiler II bei der Versammlung im Kaisersaal in Immerath aufgenommen worden, der Ort, der als einer der ersten den Baggern weichen müsste. Die Entschlossenheit, gemeinsam gegen den Tagebau zu kämpfen, wurde mehrfach betont. Baumhäusers großzügige Spende für den Klagefonds der Bürgerinitiativen fand großen Beifall.

Fast minutiös wurde in einem zweiten Bericht der weitere Verlauf des Abends geschildert. Die Abfahrtszeit von Baumhäuser in Immerath war genannt, der Alarmierungszeitpunkt der Feuerwehr, das Eintreffen des Rettungswagens, alle Stationen des Unfalls waren aufgezeichnet worden. »Keine Chance«, so wurde ein Notarzt zitiert, habe Baumhäuser gehabt, um sich aus dem brennenden Auto zu retten. Vielleicht wäre er unbeschadet davongekommen, wenn er geradeaus weitergerast wäre, zumal der Feldweg an der scharf abknickenden Landstraße schnurgerade weiterführte, wurde in dem Artikel spekuliert. Der nasse Asphalt, verbunden mit Rübenblättern und vereinzelten Zuckerrüben, die bei der Ernte am Tag zuvor auf dem Weg liegen geblieben waren, hätten aber zu einem glatten Untergrund geführt. »Vermutlich hat Baumhäuser sich erschrocken, als er seinen Fahrfehler erkannte. Dann ist er noch über einige Rüben gefahren, hat dabei die Konzentration verloren und eine Vollbremsung machen wollen. Auf der schmierigen Fahrbahn ist der Wagen nach rechts ausgebrochen und mit den Reifen auf den unbefestigten Seitenstreifen geraten. Das Fahrzeug ist wahrscheinlich in das etwas tiefer liegende Feld abgerutscht und hat sich überschlagen. Nach mehreren Überschlägen ins abgeerntete Rübenfeld hinein blieb es auf dem Dach liegend stehen, fing Feuer und brannte aus«, so wurde der Unfallhergang nach dem Polizeibericht geschildert. Der Fahrer sei bis zur Unkenntlichkeit verbrannt.

Anhand des Autokennzeichens habe man zunächst vermutet, es könne sich um Baumhäuser handeln. Ein Vergleich des Gebisses mit einem Abdruck habe dann die schockierende Gewissheit gebracht, dass es sich bei dem Toten tatsächlich um den Landtagsabgeordneten Baumhäuser handelte.

Müllejans war durchaus angetan von der Gründlichkeit, mit der der Journalist das Geschehen aufgearbeitet hatte. Der Reporter hatte anscheinend keine

Frage offengelassen, wobei er manchmal sogar etwas zu weit gegangen war. Das Autokennzeichen des Abschleppwagens, der das Wrack zur Polizeistation nach Erkelenz brachte, war für die Schilderung des nächtlichen Dramas sicherlich nicht von Bedeutung.

Der Autor hatte fast keine Frage unbeantwortet gelassen, verbesserte Müllejans sich, als er einen weiteren, eingerahmten Artikel mit dem Titel »Wohin wollte Baumhäuser?« las.

Wie der Journalist nach der Auskunft des Vorsitzenden der Vereinigten Bürgerinitiativen schrieb, wollte der Parlamentarier nach der Veranstaltung in Immerath auf dem schnellsten Weg zurück zu seiner Wohnung in Dortmund. Baumhäuser habe es eilig gehabt, so wurde erklärt, und mit einem ständigen Blick auf die Uhr das Ende der Diskussion angemahnt. »Gegen 23.30 Uhr ist er Hals über Kopf aufgebrochen. Ich wollte ihm noch den Weg zur Autobahnauffahrt beschreiben, den er aber bestens kannte«, berichtete der Vorsitzende.

Offensichtlich aber hatte Baumhäuser nicht den direkten Weg zur unmittelbar neben Immerath gelegenen Autobahnauffahrt Titz-Jackerath genommen, sondern war genau in die entgegengesetzte Richtung gefahren. Möglich wäre es natürlich, dass Baumhäuser in Immerath den falschen Weg eingeschlagen hatte und dann zur Autobahnauffahrt Erkelenz-Ost wollte.

Dagegen sprachen aber nach Auffassung des Journalisten die »hervorragenden Ortskenntnisse von

Baumhäuser«, der fast jeden Monat einmal in die Region gekommen war. »Baumhäuser kannte den Erkelenzer Osten besser als seine Westentasche«, behauptete der Reporter. Der Politiker hätte keinen Umweg von etlichen Kilometern machen müssen, nur weil er sich an einer Straßeneinmündung verfahren hatte.

Für den Journalisten blieb die Frage: »Wohin wollte Baumhäuser?«

Eine Antwort auf diese Frage würde es wohl nie geben. »Die Antwort hat Baumhäuser mit ins Grab genommen.«

Interessiert blätterte Müllejans weiter in dem Zeitungsband. Doch er fand keine weiteren Berichte über das Schicksal von Baumhäuser.

Das Thema war schon am nächsten Tag erledigt, da beschäftigten sich die Zeitungen mit einer Sitzung des Erkelenzer Stadtrates, in der einstimmig beschlossen worden war, keine Schritte vorzunehmen, die der Verwirklichung des Tagebaus Vorschub leisten könnten. »Wir werden von uns aus keine Umsiedlungsstandorte festlegen, so lange nicht eindeutig politisch und juristisch geklärt ist, dass der Tagebau tatsächlich unvermeidlich ist«, wurde der Stadtdirektor zitiert. »Ich bin davon überzeugt, dass der Tagebau nicht kommt«, behauptete der CDU-Sprecher und fand damit die ausdrückliche Unterstützung seines SPD-Kollegen, der Grünen, der FDP und einer Unabhängigen Wählergemeinschaft.

Im Zug zurück nach Aachen fiel Müllejans eine Düsseldorfer Zeitung in die Hand und er entdeckte eine Stellungnahme des sozialdemokratischen Wirtschaftsministers des Landes zu Garzweiler II. Sie kam Müllejans bekannt vor. Die Braunkohle sei der einzige heimische, subventionsfreie Energieträger, und dann kam die Aussage zu Garzweiler II, die Müllejans zwar schon mehrfach im Hintergrund mitbekommen hatte, die er aber noch nie bewusst überdacht hatte: »Garzweiler II ist ökologisch beherrschbar, ökonomisch erforderlich und sozial verträglich.«

Gerlinde

Die erneute Fahrt von Aachen nach Erkelenz war Müllejans nicht einmal unangenehm. Mit gewisser Vorfreude ging er vom Bahnhof zum Rathaus, er war gespannt, ob ihm die nette Mitarbeiterin der Stadtverwaltung tatsächlich behilflich sein konnte.
Sie winkte ihm auffällig zu, als er das Einwohnermeldeamt betrat, und scherte sich nicht darum, dass ihr ungewöhnliches Verhalten von allen bemerkt wurde. »Ich hätte nicht geglaubt, dass Sie kommen«, grüßte sie freundlich, und wieder waren es ihre großen, blauen Augen, deren Strahlen Müllejans aufgefallen war. Sie bot ihm einen Stuhl neben ihrem Schreibtisch an und legte ihre Hände

auf die Tastatur des Computers. »Name, Alter, Beruf, Familienverhältnisse?«, fragte sie sachlich und schnell.

Es ginge nicht um ihn, erwiderte Müllejans vorsichtig, es ginge um seine Großtante. Interessiert betrachtete er die hilfsbereite Angestellte.

Sie hatte kurz geschnittenes, braunes Haar, fast einen Igelschnitt, trug einen braunen Rollkragenpullover und machte einen selbstsicheren, zufriedenen Eindruck.

»Name, Alter, Beruf, Familienverhältnisse?«, wiederholte die junge Frau vergnügt. Sie versprühte Optimismus.

Na gut, dachte sich Müllejans: »Annegret Jansen, tot, Hausfrau, verwitwet.«

Die Finger der Frau flogen über die Tasten.

»Wo gestorben und wann?«

»In Erkelenz, irgendwann im Mai.«

Die junge Frau sah Müllejans prüfend an, während der Rechner die Befehle verarbeitete. »Und wer sind Sie? Sie heißen garantiert nicht Jansen. Sie kommen nicht aus Erkelenz. Name, Alter, Beruf, Familienverhältnisse?«

»Hieronymus Müllejans«, antwortete Müllejans betont langsam und beobachtete dabei die Frau. Er war es gewohnt, dass die Nennung seines Namens zumindest Schmunzeln auslöste.

Aber die Miene der Frau blieb unbewegt. »Etwa Lehrer?«

Wie sie darauf komme, wollte Müllejans wissen.

»Weil wir hier in Erkelenz das größte Schulzentrum des Landes haben und jeder Mensch, der nicht Jansen heißt und in Erkelenz zu tun hat, eigentlich nur Lehrer sein kann«, sagte sie lächelnd. Außerdem sehe er mit seinem blassen Teint und seinem dunkelgrauen Anzug wie ein typischer Durchschnittsstudienrat aus. »Es fehlt Ihnen nur die Intellektuellenbrille.«

»Weder Jansen noch Erkelenz noch Lehrer.« Müllejans war gewillt, das amüsante Spiel mitzumachen. »Müllejans, Regierungsrat, Aachen, zukünftiger Single.«

»Alter?«

»Erst seit kurzem eine Drei vorne«, antwortete er und wunderte sich über seine Offenheit. Aber die Frau strahlte eine Heiterkeit aus, die ihn angesteckt hatte. »Und Sie?« Er war gespannt, ob sie mitspielen würde.

»Weder Jansen, aber Erkelenz, und auch nicht Lehrerin, aber dafür ehemalige Ehefrau und erst in zwei Jahren mit der Drei vorne. Kinder-, mittel- und lange arbeitslos, jetzt Mädchen für alles bei der Stadtverwaltung, hauptsächlich im Steueramt und dort für die Anmeldung der Hundesteuer zuständig.« Sie redete unverblümt über ihre Situation, während sie auf den Bildschirm schaute, auf dem sich langsam eine beschriebene Maske aufbaute.

»Annegret Jansen, geborene Hutmacher, gestorben am fünften Mai im Erkelenzer Krankenhaus, zuletzt wohnhaft in Bellinghoven. Von Oberwestrich vor fünf Jahren dorthin gezogen«, las sie laut vor.

»Mehr gibt es über die Frau nicht, Hieronymus Müllejans.«

»Und was gibt es mehr über Sie?«

Die Frau lachte. »Dafür brauche ich den Computer nicht zu belästigen. Gerlinde Brause, geborene Jansen, geschieden, jetzt wohnhaft in Tenholt, zuvor in Oerath gemeldet.«

Müllejans beobachtete die quirlige Frau, die sich burschikos und salopp gab. Ihre kurzen Haare und die hellblauen, klaren Augen verpassten ihr einen fröhlich-frechen Ausdruck.

Auch sie betrachtete ihn abschätzend.

Er schien ihr sympathisch, hatte er den Eindruck. Als unattraktiv empfand er sich nicht, er war groß und sportlich schlank und trug, weil Elisabeth es so gewollt hatte, sein blondes Haar kurz geschnitten. Sie hatte ihm auch den Schlips und die Weste aufgedrängt, die er stets unter dem Jackett trug.

Gerlinde Brause räusperte sich. »Sie wissen ja, dass es bei einer Verwaltung nichts umsonst gibt. Alles kostet Gebühren. Wie wär's, wenn Sie mir ein Mittagessen spendieren?«

»Gerne«, antwortete Müllejans sofort. »Am Nachmittag möchte ich ohnehin nach Bellinghoven und auch nach Oberwestrich.« Er machte eine kurze Pause. »Komme ich mit dem Bus eigentlich dahin?«

Die junge Frau lachte hell auf. »Wir haben Samstag, wenn ich Sie daran erinnern darf. Die Bordsteine sind schon gefegt, mein Herr. In den Dörfern ist längst das Wochenende angebrochen.« Sie bemerkte seinen irritierten Blick. »Ohne Auto sind Sie hier aufgeschmissen.«

Müllejans wusste nicht, woher er den Mut nahm, die Frau zu fragen, ob sie ihn nicht bei seinen Besuchen begleiten wolle. »Falls Sie ein Auto haben, bezahle ich Ihnen gerne etwas.«

Wieder musterte die Frau ihn intensiv. »Bevor Sie uns im schönen Erkelenzer Land abhandenkommen, opfere ich mich und spiele für Sie den Fremdenführer.« Sie lachte erfrischend. »Ganz im Ernst, ich muss heute Abend ohnehin nach Aachen. Ein Freund hat mich zu einem Konzertbesuch mit anschließendem Essen eingeladen. Da nehme ich Sie am Nachmittag in meine Obhut und lade Sie am Abend unterwegs ab.«

Aber zunächst müsse er bis Mittag warten. Er solle sie um zwölf Uhr am Bürgeramt abholen, schlug die Frau vor, sie habe bis dahin noch genügend zu tun. Sie wies auf die wartenden Menschen hin, die geduldig neben der Bürotür standen. »Verlaufen Sie sich bloß nicht in unserer Stadt.« Sie gab ihm ein Faltblatt mit Informationen über Erkelenz. »Damit Sie nicht dumm sterben.«

Interessiert machte sich Müllejans zu seinem Bummel durch die Innenstadt auf. Er bewunderte die durchaus abwechslungsreiche Architektur und die Zeugnisse aus vergangenen Zeitepochen in den Gassen und an verschiedenen Plätzen. Am meisten verblüffte ihn jedoch die gastronomische Vielfalt.

46

Im Bereich des Alten Rathauses hatten viele Cafés und Kneipen die noch wärmende Oktobersonne genutzt und Tische und Stühle auf dem Markt aufgestellt. Hier war mehr los als in Aachen vor dem Rathaus, stellte Müllejans neidlos fest. Gar nicht so schlecht, das Städtchen, dachte er sich, als er sich für einen Kaffee an einen freien Tisch setzte und zu dem Faltblatt griff.

Erkelenz, mehr als 43.000 Einwohner, las er, ehemalige Kreisstadt, jetzt größte Stadt im Kreis Heinsberg, bedeutender Standort der Maschinenbauindustrie, Schulstadt mit zwei Gymnasien, Realschule, zwei Hauptschulen, darunter, wie in aller stolzen Bescheidenheit erklärt wurde, das größte Gymnasium in Nordrhein-Westfalen.

Auch das Faltblatt ging auf den Tagebau Garzweiler II ein. Das Projekt sei ökologisch unbeherrschbar, ökonomisch nicht erforderlich und sozial unvertretbar.

Sehr plakativ, befand Müllejans, ohne Substanz. Aber dann fiel ihm auf, dass die Befürworter auch nicht mehr Substanz in ihrer ständigen Wiederholung äußerten. Argumente nannten sie ebenfalls nicht. Das »ökologisch beherrschbar, ökonomisch erforderlich, sozial verträglich« war kein besseres Glaubensbekenntnis als das »ökologisch nicht beherrschbar, ökonomisch nicht erforderlich, sozial nicht vertretbar.« Es war nur ein anderes.

Es kommt halt immer auf den Standpunkt an.

Reise in die Vergangenheit

»Wohin wollen Sie zuerst? Nach Bellinghoven oder nach Oberwestrich?« Gerlinde Brause hatte den Autoschlüssel aus ihrer Jeanstasche gezogen und war vom Restauranttisch aufgestanden. »Sie bezahlen, ich hole inzwischen mein Auto.«

Bevor Müllejans reagieren konnte, war die quicklebendige Frau auch schon verschwunden. Bereitwillig zahlte er die kleine Zeche und stellte sich vor den Eingang an den Straßenrand. Die Unterhaltung mit Gerlinde Brause hatte er als angenehm empfunden. Sie hatte von ihrer gescheiterten Ehe wie von einem Beinbruch gesprochen und sah keinen Makel darin, dass sie trotz eines Abiturs und einer kaufmännischen Ausbildung nun als Telefonistin in einer Verwaltung arbeitete. »Ich bin zufrieden und komme über die Runden, was will ich mehr?«, hatte sie fröhlich ihre Lebensmaxime erklärt. »Es kann ja nicht jeder mit so einem Zitronenmund wie Sie herumlaufen.«

Müllejans war bislang nicht bewusst geworden, dass er griesgrämig aussah. Er hatte sich zwar in der letzten Zeit viele Gedanken wegen seiner privaten Situation gemacht und sich eingestehen müssen, dass ihm die plötzliche Trennung von Elisabeth doch sehr zu schaffen machte. Aber er hatte geglaubt, sein Seelenleben vor anderen verbergen zu können und wie ein normaler, zufriedener Mensch zu wirken. Und jetzt musste er sich sagen lassen, er sehe aus, als habe er in eine Zitrone gebissen. Allein beim Gedanken daran verzog er die Mundwinkel.

Hupend hielt ein roter, schon in die Jahre gekommener Ford Fiesta vor ihm. Von innen beugte sich Gerlinde Brause über den Beifahrersitz und entriegelte die Tür. »Nun steigen Sie schon ein, hier besteht absolutes Halteverbot«, sagte sie munter. »Ich kutschiere Sie jetzt in unser schönes Bellinghoven.«

Aufmerksam musterte Müllejans die Straßenzüge, als seine Fahrerin stadtauswärts fuhr. Er war angenehm angetan von der Idylle, als der Wagen auf eine kleine Wasserfläche zufuhr, um die die Straße als Kreisverkehr führte. »Das ist das Zentrum von Bellinghoven, die Maar«, klärte ihn die junge Frau auf. »Haben Sie noch die genaue Adresse?«

Müllejans bestätigte und kramte aus seiner Jackentasche einen Zettel, den er der Frau reichte.

Sie las die Anschrift und nickte kurz. »Ist nicht weit«, sagte sie und bog von der Maar ab in eine Seitenstraße. Vor einem Neubau hielt sie an. »Hier müsste Ihre Großtante gelebt haben.«

Müllejans stieg aus und ging auf den Hauseingang zu, in dem sich nur ein Klingelknopf befand. Suhrbach, las er auf dem Namensschild und war für einen Moment enttäuscht. Dennoch drückte er auf den Knopf und wartete. Schon bald hörte er das Klappern eines Schlüssels und die Tür öffnete sich. Ein großer, älterer Mann mit schlohweißen Haaren und ausdrucksstarken Augen musterte ihn kritisch.

»Sie wünschen, mein Herr?«, sagte der Senior mit eindringlicher, tiefer Stimme.

Müllejans stellte sich vor und schilderte sein Anliegen. Er bemerkte, wie der Mann bei der Nennung des Namens von Annegret Jansen kurz mit den Augen blinzelte.

»Ja, sie hat bei uns gelebt. Seit fünf Jahren. Ich war zu ihrem Vormund bestellt.« Der Mann sah es nicht einmal für erforderlich an, sich bei Müllejans vorzustellen.

»Wo ist sie begraben?«, fragte Müllejans.

In Keyenberg, erhielt er zur Antwort. »Sie wollte unbedingt in Keyenberg, in der Nähe ihrer Heimat beerdigt werden.« Der Senior schlug die Hände wie zum Gebet zusammen. »Diesen letzten Willen haben wir ihr noch erfüllen können. Sie hatte ja nichts.«

Müllejans war irritiert. Wieso hatte sie nichts? »Ich bin zum Alleinerben bestellt worden. Heißt das, dass das Erbe aus Nichts besteht?«

So werde es sein, antwortete der ehemalige Vormund unbeirrt. »In gewisser Weise besteht Ihr Erbe aus Schulden, denn die Kosten für die Beerdigung habe ich vorstrecken müssen.« Er nannte einen vierstelligen Betrag, der Müllejans den Atem raubte. »Ich kann davon ausgehen, dass Sie mir meine Kosten begleichen?« Der Vormund stellte die Frage in einem fordernden Tonfall, der keinen Widerspruch dulden lassen wollte.

Müllejans lächelte verlegen. Darüber solle man vielleicht später noch einmal sprechen. Er würde zunächst einmal gerne das Grab besuchen.

Er war froh, als er sich verabschieden und zu Gerlinde Brause in den Wagen steigen konnte. »Ich komme noch einmal vorbei«, rief er zum Abschied dem nunmehr grimmig schauenden Mann zu.

»Wissen Sie, wer das ist?«, fragte ihn die junge Frau und gab selbst die Antwort. »Das ist Suhrbach, der ehemalige Leiter des Sozialamtes aus Niederkrüchten. Der war vor seinem Wechsel früher in der Erkelenzer Stadtverwaltung beschäftigt und turnt auch jetzt noch häufig in unserem Rathaus herum.« Suhrbach sei Vormund seiner Großtante gewesen, klärte Müllejans seine Fahrerin auf, die süffisant lächelte.

»Na denn, viel Spaß, das ist ein ausgemachter Korinthenkacker und Pfennigfuchser.« Sie startete den Wagen. »Wohin, mein Herr?«

»Nach Oberdingsbums oder wie das Kaff heißt oder aber nach Keyenberg, was liegt näher?«

»Das ist fast ein zusammenhängendes Dorf«, antwortete Gerlinde Brause und legte den Gang ein.

Schnell hatten sie Bellinghoven verlassen und fuhren über eine fast leere Straße.

Links und rechts des Weges sah Müllejans nur Felder, ab und zu einen Baum oder einen Strommast. »Hier ist ja gar nichts los«, bemerkte er beiläufig,

»das ist richtig plattes Land. Außer Knollen hat es hier wohl noch nie etwas anderes gegeben.«

Gerlindes Brause trat unvermittelt in die Bremse und hielt am Straßenrand an. »Noch so eine Bemerkung und Sie können zu Fuß weitergehen«, sagte sie entrüstet und sah Müllejans mit funkelnden Augen an. »Das hier ist eine der ältesten Kulturlandschaften Europas. Hier gab es schon Zivilisation, da wussten die Kreaturen in Aachen nicht, ob sie noch Affen oder halbwegs schon Menschen waren. Schon einmal was von den Bandkeramikern gehört? Die hatten hier 7.000 vor Christus die größte Siedlung in ganz Europa. Bei Erkelenz-Kückhoven haben Archäologen darin den ältesten komplett erhaltenen Holzbrunnen der Welt ausgegraben. Und Sie angeblicher Nachfahre von Karl dem Großen, Sie reden ahnungslos von Knollen und sonst gar nichts!«

Müllejans war erschrocken und amüsiert zugleich über die Standpauke, die ihm seine temperamentvolle Fahrerin hielt. ›Mach ruhig weiter‹, dachte er sich.

Und Gerlinde Brause hielt sich dran. »Sehen Sie sich doch um, was die hier mit uns machen.« Sie deutete auf den Horizont, an dem mehrere Kraftwerke weiße Rauchschwaden in den Himmel spien. »Das sind die Krematorien der Heimat, die Kraftwerke von RWE, in denen die Braunkohle von Rheinbraun verfeuert wird. Und dort«, sie zeigte in die andere Richtung, »da hinten haben Sie den unnatürlichen Berg mitten in der flachen Bördelandschaft. Das ist

52

der Friedhof unserer Heimat, wo der nicht verwertbare Rest gelagert wird. Rheinbraun nennt das Ding Sophienhöhe.«

So schnell wie sie sich aufgeregt hatte, so schnell regte sich die Frau auch wieder ab. Sie lenkte den Wagen auf die Fahrbahn zurück und fuhr gemächlich weiter.

Müllejans blieb lange still. »Sind Sie etwa auch gegen Garzweiler II?«, fragte er schließlich unsicher.

Gerlinde Brause sah ihn ruhig an. »Natürlich. Wie kann man nur dafür sein? Die machen uns die Heimat kaputt, vertreiben die Leute, ruinieren die Natur. Und wofür? Nur für den Profit.« Sie habe keine Lust, über den Tagebau zu diskutieren. »Der Tagebau ist Mist!«, sagte sie kategorisch, »und wer dafür ist, ist ein Mistkerl.«

Das sei sehr polemisch, gab Müllejans behutsam zu bedenken.

Gerlinde Brause gab ihm durchaus Recht. »Aber das ist das Ergebnis meiner Beschäftigung mit diesem Thema. Haben Sie etwa schon einmal ernsthaft über Garzweiler II nachgedacht?«

»Nein«, bekannte Müllejans.

»Und woher beziehen Sie Ihr Wissen, dass der Tagebau eine Wohltat für uns ist?«

Das habe er nicht gesagt, entgegnete Müllejans. Er sei davon ausgegangen, dass der Tagebau wohl unbedingt erforderlich sei, weil man den Strom brauche.

»Sie haben keine Ahnung«, fuhr ihm die Frau über den Mund. »Sie sollten sich einmal mit unseren Experten unterhalten und nicht nur auf die Propaganda des Landes und Rheinbraun hören.«

Wenige Meter vor einem Ortsausgang bog sie nach rechts in einen gepflasterten Weg, fuhr an einer Brachfläche vorbei und parkte den Wagen vor einem Tor in einer roten Backsteinmauer. »Wir stehen direkt vor dem Friedhof von Keyenberg«, erklärte sie Müllejans und fuhr salopp fort: »Dann wollen wir einmal Großtante Annegret suchen.«

Die Suche erwies sich schwieriger als erwartet auf dem kleinen Flecken. Auf keinem Grabstein war ihr Name zu finden.

»Normalerweise müsste sie an der Seite ihres Mannes liegen«, vermutete Gerlinde Brause. Es gab zwar auch mehrere Familiengrabstätten, aber keine trug den gesuchten Namen.

»Der Geizkragen Suhrbach hat Tante Annegret in ein billiges Grab gekippt und will jetzt von Ihnen Schotter wie für ein Staatsbegräbnis«, schimpfte die junge Frau, die sich umsah und dann entschlossen auf eine ältere Frau zulief, die an einer Wasserstelle eine Gießkanne füllte. Nach einem kurzen Gespräch kehrte sie zu Müllejans zurück.

»Es ist so, wie ich gesagt habe, Tante Annegret liegt hier irgendwo im neueren Teil des Friedhofs.« Sie packte Müllejans, der interessiert die unterschiedlichen Grabmale der Priestergedenkstätte der Heilig-

Kreuz-Pfarre neben der ungewöhnlichen, würfelartigen Friedhofskapelle betrachtet hatte, am Ärmel und lotste ihn über die Wege. »Kommen Sie, da hinten muss es sein.«

Müllejans erschrak, als er die erbärmliche letzte Ruhestätte erblickte. Sie war ungepflegt und ohne Grabeinfassung und hob sich deutlich von der ordentlich gehegten Umgebung ab. Lediglich ein weiß gestrichenes, einfaches Holzkreuz, das bereits umgekippt war, deutete mit dem Namen und den Daten auf Annegret Jansen hin. Einige Wildkräuter hatten sich schon angepflanzt.

»Der Suhrbach tut nichts daran«, flüsterte Gerlinde Brause erzürnt. »Dem würde ich gewaltig den Marsch blasen.«

Müllejans zuckte hilflos mit den Schultern. Was konnte er schon machen? »Vielleicht finde ich jemanden für die Grabpflege«, überlegte er laut. Er würde sich um die tote Großtante kümmern, unabhängig von seinem Erbe.

»Dann lassen Sie uns zu den Lebendigen zurückkehren«, schlug seine Begleiterin vor, »wir wollen doch noch nach Oberwestrich.«

Als sie im Wagen saßen, erkannte Müllejans das Schild am Straßenrand. »Ja zur Heimat, Stop Rheinbraun«, war darauf zu lesen.

»Dieses Schild finden Sie in jedem Dorf«, informierte ihn die junge Frau. »Diese gehören zu den Kennzeichen wie die Ortsschilder. Hier gilt gewissermaßen ein Durchfahrtsverbot für Bagger.«

Schon nach wenigen Metern hielt Gerlinde Brause wieder an. Sie war im nächsten Ort nach links auf eine kleine Seitenstraße abgebogen und auf eine Ansiedlung zugefahren.

»Da sind wir«, sagte sie heiter, nachdem sie an einer Kreuzung angehalten hatte. »Das ist das schöne Oberwestrich, bestehend aus einer Kreuzung und eins, zwei…« sie zählte und kam auf zwölf Häuser.

»Und eines davon gehörte Ihrer Großtante?«

Müllejans nickte stumm. Er erinnerte sich allmählich. Hier war er als Kind gewesen. Aber es schien, als habe sich einiges verändert. Er schaute sich um und dachte nach. Den Kastanienbaum mit den drei Grabmälern an einer Ecke der Kreuzung, den hatte es damals schon gegeben. Der dahinter liegende zweiflügelige, modernisierte Gutshof musste anders ausgesehen haben. Die übrigen Häuser ähnelten sich. In welchem Haus hatte er als Ferienkind gewohnt? Es war ihm damals riesig vorgekommen, mit einer Hofeinfahrt und einem gepflasterten Innenhof. Die Häuser, vor denen er nun stand, waren anders, sahen zumindest nicht mehr so aus, wie er es sich vorgestellt hatte.

»Wissen Sie was?«, schlug die junge Frau vor, »wir klingeln einfach irgendwo und fragen.« Sie wartete Müllejans' Antwort nicht ab, sondern trat kurz entschlossen an eine Haustür. Sie brauchte nicht lange zu warten, bis geöffnet wurde.

Eine ältere Frau in einer langen Schürze und mit einem Kopftuch trat vorsichtig auf die Straße.

Ob sie wisse, wo Annegret Jansen gewohnt habe, fragte Gerlinde Brause höflich.

»Warum wollen Sie das wissen?«, fragte die Frau argwöhnisch zurück, während sie sich die Hände an der Schürze abwischte. »Wer sind Sie? Kommen Sie etwa von Rheinbraun? Dann können Sie gleich wieder verschwinden!«

Müllejans beschwichtigte sie und stellte sich vor. »Ich war als kleiner Schuljunge ein paar Jahren in den Sommerferien hier in Oberwestrich und möchte nur wissen, was aus dem Haus meiner Großtante geworden ist.«

Die Frau musterte ihn zweifelnd, dann streckte sie den Arm aus und zeigte zu einem etwas versteckt hinter einer Hecke und abseits liegenden Gebäude. »Das ist es.« Sie verzog ihre Lippen zu einem gequälten Lächeln. »Vielmehr, das war es. Seitdem Ihre Tante weggezogen ist, steht das Haus leer und verfällt immer mehr.«

»Gehört es ihr noch?«

Die alte Frau sah Müllejans bedauernd an. »Wenn es ihr noch gehören würde, hätte sie es garantiert nicht verkommen lassen.«

»Sie hat es verkauft?«

»So ist es, mein Herr. Vor mehr als sechs Jahren hat sie das Haus verkauft und alles Land, das ihr gehörte. Angeblich besaß sie ein lebenslanges Wohnrecht, doch ist sie nach dem Verkauf nicht mehr glücklich geworden. Das viele Geld, das sie bekommen haben soll, hat ihr nichts genützt. Es hat damals wegen des Verkaufs sogar Ärger im Dorf gegeben, weil wir vermuteten, sie hätte es an Rheinbraun abgetreten. Aber das war wohl nicht der Fall. Anni hat verkauft und dabei mit faulen Zitronen gehandelt.«

»Wieso?«

»Ach, das ist nur so dahin gesagt. Der Verkauf hat ihr jedenfalls kein Glück gebracht.« Eine Immobiliengesellschaft aus Mönchengladbach soll Eigentümer des Hauses und der Ackerflächen geworden sein, so erzählte die Frau weiter. »Wenn Sie wollen, können Sie das Haus kaufen, habe ich jedenfalls gehört. Aber wer will schon in einem Dorf investieren, das vielleicht weggebaggert werden könnte?«

»Wird es denn weggebaggert?«, fragte Müllejans. Er war auf die Antwort der Alten gespannt.

»Nein. Niemals«, sagte sie voller Überzeugung. »Aber das wissen natürlich die jungen Leute nicht, die ein Haus kaufen wollen. Die lassen sich viel zu schnell von den Rheinbraun-Plänen ins Bockshorn jagen.«

Gerlinde Brause drängte zur Eile. »Wir müssen noch nach Aachen«, erinnerte sie Müllejans und wollte sich von der Frau verabschieden, die sie aufmerksam betrachtet hatte.

Ihre Gesichtszüge entspannten sich. »Bist du nicht das Lindchen von der Jansens Will aus Berverath?«, wollte sie neugierig wissen.

»Nein«, antwortete Gerlinde Brause hastig. »Das war mein Onkel. Mein Vater ist der Hermann-Josef.« Sie packte Müllejans und schob ihn zum Wagen. »Schnell weg«, zischte sie, »sonst muss ich

noch die Geschichte meiner ganzen Familie erzählen.«

Rechtsknick

Er sei schon ein gutes Stück weiter gekommen,
meinte Gerlinde Brause zufrieden, als sie wieder im
Wagen saßen. »Ein Blick ins Grundbuch und Sie wissen, an wen Ihre Großtante verkauft hat. Dann können Sie vielleicht auch herausbekommen, wie viel
Geld sie bekommen hat.«
Müllejans blickte nachdenklich durch die Windschutzscheibe. »Das werde ich wohl machen.«
Ihm fiel etwas ein. »Würde es einen großen Umweg
bedeuten, wenn wir an der Unfallstelle von Baumhäuser vorbeifahren würden?«
»Für Sie tue ich doch fast alles!« Die junge Frau tat
ihm bereitwillig den Gefallen und hielt schon wenig
später auf der Landstraße hinter Unterwestrich. Sie
stiegen aus und lehnten sich gegen die Motorhaube.
Aufmerksam blickte Müllejans um sich. Wie er feststellte, machte die Straße tatsächlich einen scharfen Rechtsknick. Ortsfremde Autofahrer hatten hier
gewiss ihre Probleme, wenn sie nachts auf der
ihnen unbekannten Strecke unterwegs waren. Auch
erkannte Müllejans den gerade weiter verlaufenden

Feldweg, an dessen linker Seite sich eine Buschreihe befand. Rechts gab es den Seitenstreifen, von dem der Grünen-Politiker mit seinem Fahrzeug abgerutscht war. Dahinter erstreckte sich das weite, freie Feld, das bis zum Horizont reichte.

»Bei einem Unfall mitten in der Nacht kann es lange dauern, bis du gefunden wirst«, bemerkte Müllejans nachdenklich für sich. Hier gab es tatsächlich nichts außer platter Landschaft, aber er würde sich hüten, laut Kritik an der Börde zu äußern.

»Schade um Baumhäuser«, meinte Gerlinde Brause ironisch, »aber einmal erwischt es jeden von uns. Sein Tod hat jedenfalls etwas Gutes gehabt.«

»Wieso das denn?«, fragte Müllejans erstaunt.

Die Frau sah schmunzelnd in die Weite: »Dadurch kam etwas Geld in die Kasse der Bürgerinitiativen.«

Baumhäuser sei jedenfalls schneller gefunden worden als gestern Lambert Jansen, sagte sie gelassen, als sie wieder in den Wagen stiegen.

»Als wer?«

»Als Lambert Jansen«, antwortete sie wie selbstverständlich. »Das hat heute in der Zeitung gestanden. Der arme Kerl ist mit seinem Fahrrad von einer Ladung Bauschutt zugekippt worden. Mitten auf einem Feldweg bei Lützerath.«

Auch wenn er es nicht wusste, so vermutete Müllejans richtig, dass es sich bei diesem Dorf ebenfalls um einen Ort im Erkelenzer Stadtgebiet handeln musste.

»Das muss schon vor ein paar Tagen gewesen sein«, erzählte sie munter weiter. Wie in der Zeitung gestanden hatte, sei der alte Mann wie immer auf seiner tagtäglichen Radtour durch die Feldmark gewesen. Als er mitten in der freien Landschaft auf einem schmalen Weg an dem Anhänger vorbei wollte, hätte es ihn erwischt. An dem alten, wohl nicht mehr verkehrssicheren Anhänger hätte sich eine nicht ausreichend gesicherte Seitenwand geöffnet und der Bauschutt sei auf den Teer gekippt. »Ausgerechnet auf den armen Lambert. Künstlerpech.« Gerlinde Brause kommentierte das Unglück mit großer Gelassenheit. Ein Traktorfahrer habe wohl den Anhänger dort abgekoppelt und sei spurlos verschwunden. Ob er dabei war, als das Malheur passierte oder nicht, sei nicht mehr zu klären. Jedenfalls werde gegen den unbekannten Traktorfahrer wegen fahrlässiger Tötung ermittelt.« Sie zuckte mit den Schultern. »Aber das macht Lambert auch nicht mehr lebendig.«

»Ein Verwandter von Ihnen?«, fragte Müllejans mit mitleidsvoller Miene.

Die Frau verneinte lächelnd. »Es sei denn, Sie würden jeden, der in Erkelenz den Namen Jansen trägt oder getragen hat, zu einer großen Familie rechnen.« Aber dem sei glücklicherweise nicht so.

Seine Fahrerin fuhr wieder los und bog nach einigen Kilometern in ein Dorf ein, das sich wieder von den anderen unterschied. Geprägt wurde es durch eine große Obstwiese im Zentrum.

Müllejans wunderte sich über die Vielfalt der Dorf-
formen, wie er angetan anmerkte.

»Hier in Tenholt haben wir ein typisches Anger-
dorf«, klärte ihn die junge Frau auf. »Das Dorf zählt
zu den schönsten im Lande. Wir haben etliche Wett-
bewerbe gewonnen.« Sie hielt vor einem einfachen,
adretten Ziegelsteinbau. »Wenn Sie wollen, können
Sie mit hineinkommen«, bot sie Müllejans an. »Ich
muss noch die Katzen füttern und mich für heute
Abend umziehen.«

Unsicher setzte sich Müllejans in das kleine, gemüt-
liche Wohnzimmer und bekam mit, wie die junge
Frau unter die Dusche sprang. Er blickte auf, als das
Telefon im Flur klingelte, und er bemerkte durch die
geöffnete Zimmertür, wie Gerlinde Brause nackt an
ihm vorbeihuschte. Sie unterhielt sich angeregt und
lachte viel. Dann beendete sie das Telefonat mit
dem Hinweis auf ihre Nacktheit und lief ins Bad zurück.

Eine derartige Unbekümmertheit war Müllejans
fremd, sie passte nicht in seine geordnete Lebens-
weise. Er stand auf und trat ans Bücherregal, das
vollgepackt war mit Literatur aller Art. Die Frau war
allem Anschein nach belesen. Sie hatte viele klassi-
sche Werke, aber auch viele moderne Autoren gesammelt.

»Übrigens alle gelesen«, hörte er die Frau in seinem
Rücken vergnügt sagen.

Langsam drehte Müllejans sich um und traute seinen Augen kaum.

Elegant, im schulterfreien, raffiniert geschnittenen schwarzen Abendkleid drehte sich Gerlinde Brause vor ihm um die eigene Achse. »Meinen Sie, ich kann so in ein klassisches Konzert gehen?«

Müllejans schluckte verlegen, er wusste nicht, was er sagen sollte. »Wenn's Ihnen nicht zu kalt um die Schultern ist, warum nicht?« Die zierliche Frau, die er als energisch und beinahe schon jungenhaft erlebt hatte, entpuppte sich in ihrer Abendgarderobe als faszinierend, souverän und von ihrer Attraktivität überzeugt. Sie brauchte weder Schminke noch Schmuck.

Gerlinde Brause lachte zufrieden. »Keine Sorge, ich habe noch eine Stola.«

Die Fahrt nach Aachen verging aus seiner Sicht viel zu schnell. Müllejans lauschte der jungen Frau, die unbekümmert von ihrem Leben erzählte. Es war wirklich nicht langweilig gewesen, musste er zugeben. Sie hatte jedenfalls mehr erlebt als er, so kam es ihm vor.

Er war erstaunt, dass sie die Aureliusstraße auf Anhieb fand. »Ich kenne mich halt in Aachen aus«, sagte sie mit einem frechen Grinsen. »Ich bin oft hier.« Sie reichte Müllejans die Hand, als er aussteigen wollte. »Sehen wir uns wieder?«

»Bestimmt«, sagte Müllejans schnell. »Ich muss ohnehin noch einmal nach Erkelenz. Sie wissen schon, wegen des Grundbuchs. Dann rufe ich Sie im Rathaus an, wenn ich darf.«

»Sie dürfen«, antwortete sie lächelnd, »jederzeit.«

»Vielleicht sehen wir uns ja nach dem Konzert und dem Essen. Ich bin zu Hause.« Müllejans erschrak über seine eigene Spontaneität.

Aber Gerlinde Brause gab ihm einen deutlichen Korb. »Das geht nicht. Wenn mein Freund mich einmal in den Händen hat, lässt er mich nicht mehr los. Außerdem bin ich seine größte Kritikerin. Er ist nämlich der Dirigent heute beim Konzert.«

Immobiliengeschäfte

Müllejans erwischte sich jedes Mal dabei, dass er im Zug intensiv aus dem Fenster schaute, wenn er am Erkelenzer Bahnhof vorbeifuhr. Auch wenn es unwahrscheinlich war, es hätte ja sein können, dass Gerlinde Brause zufällig auf dem Bahnsteig stand. Die Frau ging ihm nicht aus dem Kopf. Ihre lebensbejahende, fröhliche und aufgeschlossene Art hatte ihn nachdenklich werden lassen. Er verglich sie mit sich, mit seiner Behäbigkeit und seiner Vorsicht, seinem Zaudern und seinem Abwägen. Sie war so anders, glaubte er, spontan und entschlossen, zupackend und risikobereit.

Er hatte im Telefonregister von Erkelenz nach ihrem Namen gesucht, sich dann aber nicht getraut, sie anzurufen. In der Stadtverwaltung hätte er sie erreichen können, aber er ließ es sein. Sie würde sich schon bei ihm melden, wenn sie an einem Wiedersehen interessiert war, redete er sich ein. Vielleicht kam sie ja einmal bei ihm vorbei, wenn sie in Aachen war.

Neugierig hatte Müllejans am Montag in der Tageszeitung geblättert und nach der Konzertkritik gesucht. Der berühmte Dirigent, bei dessen Namensnennung es ihm den Atem verschlug, hatte danach wieder eine Meisterleistung abgeliefert, beurteilte der Journalist in ihm unverständlichen Sätzen und mit höchstem Lob.

›Mit einem solchen Star kann ich wahrlich nicht konkurrieren‹, bekannte Müllejans nach der Lektüre und er staunte über den gesellschaftlichen Umgang, den die kleine Telefonistin offenbar pflegte. Das machte ihn unsicher und unruhig zugleich, zumal er in der Nacht von ihr geträumt und sich in seinem Traum darüber geärgert hatte, dass sie mit dem Dirigenten ein intimes Verhältnis hatte.

›Müllejans, was soll das?‹, schimpfte er mit sich. ›Die Frau hat dir geholfen. Sei froh. Das war's.‹ Er hatte sich damit abzufinden, dass Gerlinde Brause in seinem Leben keine Rolle spielte. Warum sollte sie auch? Er hatte mit Elisabeth genug Ärger am Hals.

Seine Gattin hatte erneut über den Anwalt nachfragen lassen, wie es mit dem Zugewinnausgleich sei. Grundler hatte ihm eine vierwöchige Frist gesetzt, die Müllejans allerdings nicht ernst nahm.

Müllejans war zufrieden, wenn er sich in sein Büro eingraben konnte. Er hatte sich mit Informationsmaterial über den geplanten Tagebau im Erkelenzer Land eingedeckt, das sich auf seinem Schreibtisch stapelte.

Ihm fiel auf, dass in den Positionen von Land und Rheinbraun oft identische Formulierungen zu finden waren. Kein Wunder, dachte er sich, der Tagebaubetrieb wurde zwischen Behörden und Unternehmen Hand in Hand abgewickelt, so war es bislang immer gewesen.

Nur durch das Mitmischen der Grünen in der Landesregierung waren erstmals Sandkörnchen in das gut funktionierende Getriebe geraten. Verhindern würde die leichte Getriebestörung den Tagebau Garzweiler II wahrscheinlich nicht, davon war Müllejans nach dem Lesen überzeugt. Landesweit würde, so schätzte er, der Tagebau eine große Akzeptanz finden, es waren nur die unmittelbar Betroffenen, die, aus ihrer Sicht sogar verständlich, dagegen opponierten.

Umso mehr war er überrascht, als er während einer konfusen Fernsehübertragung aus Erkelenz im Westdeutschen Rundfunk über den Tagebau das Ergebnis einer per Telefon durchgeführten Zuschauerbefragung mitbekam. Landesweit sprachen sich darin 54 Prozent der Teilnehmer gegen und nur 46 Prozent für den Tagebau Garzweiler II aus.

Offenbar hatte dieses Ergebnis auch den Moderator verblüfft, der sich beeilte, ausdrücklich darauf hinzuweisen, diese Umfrage sei selbstverständlich nicht repräsentativ.

Für Müllejans war das Ergebnis ohnehin sekundär. Er hatte die Sendung angeschaut und nur auf das Bild geachtet, ohne auf den Ton zu hören, in der Hoffnung, vielleicht Gerlinde Brause zu erkennen. Aber er wurde enttäuscht und er nahm sich noch am Abend fest vor, am nächsten Tag bei der Frau anzurufen.

Er unterließ jedoch sein Vorhaben, fand immer wieder für sich einen neuen Vorwand, nicht zum Telefon zu greifen.

Gerlinde Brause nahm ihm die Entscheidung über eine Kontaktaufnahme ab. Als Müllejans abends nach Hause kam, fand er in seinem Briefkasten einen dicken, an ihn adressierten Briefumschlag, den er am Küchentisch umständlich aufriss.

Der Brief war von der Verwaltungsangestellten. Sie bat Müllejans, sich die Kopien anzusehen und sie anschließend unbedingt anzurufen. Wenn nicht, würde sie ihn standrechtlich erschießen.

Neugierig sah Müllejans über die Papiere, die ihm die Frau zugeschickt hatte. Es waren zum einen Kopien von acht Grundbuchauszügen, die sich auf das ehemalige Eigentum seiner Großtante bezogen. Wie Müllejans den Auszügen entnahm, hatte Annegret Jansen alle Grundstücke an eine Immobiliengesellschaft aus Mönchengladbach, vertreten durch den Geschäftsführer Heinrich Schmitz, veräußert. Zwei Jahre später waren die Grundstücke auf eine andere Gesellschaft mit Sitz in Düsseldorf übertragen worden.

Annegret Jansen hatte viel Land besessen, wie Müllejans feststellte. Neben dem bebauten Grundstück in Oberwestrich hatten ihr noch sieben große Ackerflächen gehört. Müllejans machte sich nicht die Mühe, die genaue Hektarzahl auszurechnen; es mussten etliche Hektar gewesen sein.

Er sah auf die anderen Papiere. Es waren Kopien von Schreiben der Stadtverwaltung Erkelenz, in denen die Stadt ausdrücklich ihren Verzicht auf das Vorkaufsrecht erklärte. Eine Formalität, wie Müllejans wusste. Interessanter waren da die Durchschläge der Kaufverträge über die Grundstücke. Danach hatte Annegret Jansen für ihr Eigentum 500.000 DM erhalten. Zwei Jahre später waren die Grundstücke für zwei Millionen DM weiterverkauft worden.

Den Weiterverkauf beachtete Müllejans nicht weiter. Die 500.000 DM als Kaufpreis, die seine Großtante erhalten hatte, die ließen ihn hellwach werden. Das war eine schöne Stange Geld.

Wo war das Geld geblieben? Hatte Annegret Jansen es irgendwo deponiert? War er ein gemachter Mann? Eine halbe Million DM, dafür würde es sich schon lohnen, intensiv nachzuforschen.

Die Gedanken schwirrten ihm durch den Kopf. Unruhig lief Müllejans in seiner Wohnung umher. Elisabeth fiel ihm ein. Sie würde im Rahmen des Zugewinnausgleichs die Hälfte des Erbes haben wollen, sie durfte nichts davon erfahren, wenn er ihrem Gezeter entgehen wollte. Er musste ihr die Informationen vorenthalten, er musste die Unterlagen mit ins Büro nach Düsseldorf nehmen. Dort würde Elisabeth nicht schnüffeln können. Mit Grundler würde er später reden, er würde um eine Fristverlängerung bitten.

Das Telefon schreckte ihn aus seinen Überlegungen auf. Mechanisch griff er zum Hörer und meldete sich.

»Können Sie nicht lesen oder komme ich Ihnen zuvor?«, hörte er die fröhliche Stimme von Gerlinde Brause. Sie machte es ihm leicht.

»Ich war gerade im Begriff, Sie anzurufen, um mich zu bedanken«, beeilte er sich zu versichern. »Ich habe gerade erst Ihre Post gelesen.«

»Und? Bin ich nicht gut?«

Müllejans wusste nicht, wie er antworten sollte. Sie sind die Beste, hätte er am liebsten gesagt, doch traute er sich nicht.

Wieder half ihm die junge Frau. »Sie können ruhig sagen, dass ich die Beste bin«, sagte sie lachend.

»Wenn Sie es sagen, werde ich mich hüten, zu widersprechen.«

»Was sagen Sie denn zu den Papieren? Interessant?«

»Natürlich«, antwortete Müllejans, »hoch interessant.« Er druckste herum. »Woher haben Sie die Kopien? Oder ist die Frage indiskret?«

»Ist sie nicht.« Gerlinde Brause lachte wieder. »Im Steueramt sitze ich gewissermaßen auf den Akten. Außerdem habe ich halt viele Freunde in der Verwaltung und im Amtsgericht. Da hat der beste Datenschutz keine Chance.« Sie habe alles nachgeprüft und vieles herausgefunden. »Nur die Gesellschafter der Düsseldorfer Immobiliengesellschaft, die habe ich noch nicht ausfindig machen können.«

»Spielt das etwa eine Rolle?«

»Eigentlich nicht«, antwortete die Frau. »Es hätte nur meine Recherche abgerundet.«

»Warum haben Sie das überhaupt gemacht?« Müllejans hoffte, dass die junge Frau seine Frage nicht missverstanden hatte.

»Nicht Ihretwegen«, sagte sie schnell und zu seiner Enttäuschung. »Ich wollte nur wissen, wer Ihrer Großtante die Grundstücke abgeluchst hat. Ich wollte sicher gehen, dass wirklich nicht doch Rheinbraun dahintersteckt.«

»Und?«

»Leider hat Rheinbraun nichts damit zu tun.«

»Wieso leider?«

Sie ging nicht auf die Frage ein. »Da stimmt etwas nicht, wenn der Kaufpreis sich innerhalb von zwei Jahren vervierfacht«, sagte sie vielmehr. »Oder was meinen Sie?«

Müllejans dachte kurz nach. »Das Grundstücksgeschäft ist oft ein Spekulationsgeschäft. So wird es wohl hier auch sein.« Aber es sei müßig, sich darüber Gedanken zu machen, Fakt sei, dass seine Großtante eine halbe Million DM bekommen habe.

Er überlege nun, wie er an das Geld gelangen könne, das ihm als Erbe zustände, antwortete er.

»Das ist Ihr Problem«, meinte Gerlinde Brause vergnügt, »oder würden Sie etwa mit mir teilen, wenn ich Ihnen bei der Suche behilflich bin?«

Müllejans schwieg unsicher.

»Dann eben nicht. Aber Sie sind mir trotzdem einen Gefallen schuldig. Oder? Immerhin habe ich auch Ihnen einen Gefallen getan.«

»An was haben Sie denn gedacht?«, fragte Müllejans vorsichtig zurück.

»An ein Pizzaessen. Wie wär's am Freitag? Ich hole Sie am Zug ab, wenn Sie aus Düsseldorf ankommen. Einverstanden?«

Müllejans war nicht ganz geheuer bei dem Vorschlag. Aber er traute sich nicht, die junge Frau zu enttäuschen. »Einverstanden«, willigte er ein.

Er wollte das Gespräch verlegen abbrechen, doch hielt ihn Gerlinde Brause davon ab. Sie verwickelte ihn schnell in ein unverfängliches Gespräch über seinen Beruf.

Müllejans machte es sich in einem Sessel bequem und fand schließlich immer mehr Gefallen an der Unterhaltung.

Es war weit nach Mitternacht, ehe Gerlinde Brause das Telefonat beendete. »Schlafen Sie gut, und vielleicht träumen Sie von mir«, sagte sie heiter zum Abschied.

Sparbuch

Mit jedem Mal, bei dem Müllejans an das Treffen am Freitag dachte, freute er sich mehr auf das Wiedersehen. Der letzte Zug von Erkelenz in Richtung Aachen fuhr in der Nacht kurz nach halb eins, dann war er spätestens gegen eins zu Hause, eine an sich für ihn übliche Zeit für einen Kneipenbummel am Freitag.

Der Brief der Kreissparkasse Heinsberg, den Müllejans am Mittwoch erhielt, warf seine ursprüngliche Planung über den Haufen. Nach dem Schreiben und dem danach notwendigen Telefonat musste er schon am frühen Freitagnachmittag in der Hauptgeschäftsstelle der Bank in Erkelenz vorstellig werden.

In dem Schreiben war nüchtern mitgeteilt worden, er sei der vom Amtsgericht bestätigte Alleinerbe der Annegret Jansen aus Erkelenz. Sie habe ein Sparbuch bei der Kreissparkasse angelegt, auf dem sich am Tage ihres Todes 15.765 DM und 72 Pfennige befunden hätten. Er möge den Erbschein und gegebenenfalls das Sparbuch zwecks Vermögensübertragung vorlegen.

Müllejans' Bemühen, den Vormund der Großtante zu erreichen, schlug fehl. Suhrbach war offensichtlich nicht zu Hause. ›Der schuldet mir eine Erklärung‹, dachte sich Müllejans, ›der hat mir doch erzählt, Annegret Jansen sei mittellos gewesen.‹ Er konnte sich nicht vorstellen, dass Suhrbach von dem Sparbuch nichts gewusst haben sollte.

Das Gespräch bei der Kreissparkasse war nur kurz. Schnell hatte der Bankangestellte per Computer festgestellt, dass auf dem Sparbuch der Verstorbenen die Anschrift von Suhrbach angegeben war, was ihn vermuten ließ, dass es sich auch dort befinden musste. Er erklärte das bestehende Sparbuch für ungültig und legte ein neues Buch auf Müllejans' Namen an.

»War früher mehr Geld auf den Sparbuch?«, wollte Müllejans wissen.

Der Angestellte konnte ihm die Frage nicht beantworten. »Wir haben immer nur den aktuellen Stand gespeichert.« Über Einzahlungen oder Abhebungen könne er nichts sagen.

»Und was ist mit der Rente?«, fragte Müllejans weiter.

»Was soll damit sein?« Vielleicht habe Annegret Jansen sie wie so viele Senioren bar bei der Post abgeholt, vielleicht sei sie auf ein anderes Konto geflossen.

»Auf das von Suhrbach?«

»Kann auch sein.« Aber darüber dürfe er ihm aus Gründen des Bankgeheimnisses keine Auskünfte geben, sagte der Finanzmann entschieden.

Mit dem neuen Sparbuch in der Hand verließ Müllejans das Bankgebäude. Er blickte auf die Uhr und eilte die wenigen Meter über die Kölner Straße zum Bahnhof. Er hatte Zeit, es würde noch fast zwei

Stunden dauern, ehe ihn Gerlinde Brause abholen wollte. Er würde sie überraschen, wenn sie ihn nicht unter den aussteigenden Bahnfahrern fand und er stattdessen vor ihrem Wagen wartete.

Zuvor jedoch wollte er nach Bellinghoven. Der Ort lag nicht allzu weit vom Bahnhof entfernt, wie er dem Stadtplan entnehmen konnte. Mit einem Taxi würde er ihn schnell erreichen.

Müllejans brauchte nicht lange zu suchen, bis er das Haus von Suhrbach wiedergefunden hatte. Ein moderner Mercedes war vor der Haustür geparkt, was Müllejans vermuten ließ, dass Suhrbach daheim war.

Entschlossen drückte er auf den Klingelknopf. Er brauchte nicht lange zu warten, bis ihm eine gut gekleidete, ältere Frau öffnete. Sie bat ihn erfreut hinein, nachdem er sich vorgestellt hatte. Ihr Mann würde ihn schon erwarten, sagte sie zu Müllejans' Überraschung und führte ihn ins gediegen möblierte, aber dennoch elegante Wohnzimmer, wo er ungebührlich lange warten musste.

Er käme bestimmt, um die Beerdigungskosten zu begleichen, meinte Suhrbach selbstherrlich zur Begrüßung, während er Müllejans mit seinen großen Augen fixierte. Außerdem gebe es noch einige offene Rechnungen über Kleider, die Annegret Jansen bedauerlicherweise nicht mehr bezahlen konnte. Insgesamt seien daher noch 10.000 DM zu begleichen. Fordernd sah Suhrbach den jungen Mann an. Das Gespräch nahm einen anderen Verlauf, als Müllejans erwartet hatte. ›Der will mich glatt über

74

den Tisch ziehen‹, dachte er sich und erinnerte sich an die wenig schmeichelhafte Charakterisierung von Suhrbach durch Gerlinde Brause. Er lächelte verlegen, während er sich in den angebotenen Sessel setzte. »Sie haben bestimmt die Belege?«

Suhrbach riss seine großen Augen noch weiter auf. »Wollen Sie mir etwa etwas unterstellen?« Er sei lange Jahre im sozialen Dienst tätig gewesen und habe stets gewissenhaft und aufopferungsvoll zum Wohle der Betreuten gearbeitet und dabei auf viele persönliche Freiheiten verzichtet. Niemals habe es irgendwelche Kritik oder Bedenken an seiner Funktion als Vormund gegeben. Anstandslos seien seine Auslagen von den ihm zugewiesenen Menschen und deren Nachfahren erstattet worden. »Ich brauche keine Belege, ich habe einen guten Namen«, meinte er mit einem strengen Blick.

»Sie haben doch ein Sparbuch von ihr«, sagte Müllejans leise, »ist denn darauf nicht genügend Geld?«

»Wie kommen Sie darauf?«, herrschte ihn Suhrbach an. »Ich besitze kein Sparbuch.«

Müllejans sah ihn ruhig an. ›Du bist ein vermaledeiter Lügner‹, sagte er für sich. »Und was ist mit der Rente? Ich gehe davon aus, dass meine Großtante eine Rente bezogen hat, oder?«

Suhrbach stand auf und trat auf Müllejans zu. Er sah imposant aus, mächtig, von sich überzeugt, über jeden Zweifel erhaben. »Natürlich hatte sie eine kleine Rente, die aber nicht einmal ausreichte, die

75

Kosten zu decken, die die Betreuung Ihrer Großtante verursacht hat. Gewissermaßen habe ich aus eigener Tasche zugelegt.« Suhrbach seufzte und hob die Arme. »Das ist halt das Los des Vormunds, er hat viel Arbeit, wenig Entgelt und wird auch noch gescholten.«

Auch Müllejans stand auf. Er sah dem Senior ins Gesicht. »Ich mache Ihnen einen Vorschlag: Sie suchen die Rechnungen heraus, das Sparbuch und den Rentenbescheid meiner Großtante und ich bezahle Ihnen die Auslagen, wenn ich sie geprüft und für berechtigt angesehen habe.« Müllejans beobachtete Suhrbach, der wild mit den Augen rollte und nur mit Mühe seine Verärgerung zähmen konnte. »Sie wollen gewiss ebenso wie ich, dass alles rechtens abläuft, oder?«, schob er rasch nach.

»Selbstverständlich«, antwortete Suhrbach ungehalten. »Aber ich verstehe nicht, was Sie mit dem Sparbuch und dem Rentenbescheid wollen. Ihre Großtante ist doch tot.«

»Eben deshalb. Ich bin ihr Erbe und muss wahrscheinlich Erbschaftsteuer bezahlen. Dafür brauche ich aber alle Unterlagen, die sich im Nachlass befinden.« Müllejans freute sich, dass ihm dieses Argument eingefallen war. »Ich kann davon ausgehen, dass Sie in einer Woche alle Unterlagen zusammen haben?« Er reichte Suhrbach die Hand, bevor dieser wieder zu einer langwierigen Rede ansetzen konnte. »Es wäre bedauerlich, wenn wir wegen dieser leidigen Angelegenheit mit Rechtsanwälten arbeiten müssten. Das wäre bestimmt nicht im Sinne meiner Großtante.«

Das Augenrollen von Suhrbach wurde immer heftiger. Aber er gab sich souverän. »Ich werde mich bemühen, Ihnen in der Form behilflich zu sein, die mir möglich ist, ohne gegen meine Pflichten, die mir als Vormund aufgegeben sind, zu verstoßen«, sagte er ausschweifend. »Ich kann Ihnen allerdings noch nichts über den tatsächlichen Umfang meiner Hilfsmöglichkeit sagen.«

Der redet bald wie ein Pfarrer, dachte sich Müllejans. »Ich melde mich und erwarte Ihre Mithilfe«, sagte er kurz angebunden, verabschiedete sich und sprang ins wartende Taxi, das ihn zurück zum Erkelenzer Bahnhof brachte.

Müllejans erkannte Gerlinde Brause, die ihren Wagen auf dem Parkstreifen vor dem Haupteingang abgestellt hatte und in das Bahnhofsgebäude ging, ohne ihn zu entdecken. Er hatte sich am verwinkelten Kiosk versteckt und grinste schadenfroh, als er bemerkte, dass sie es unterlassen hatte, die Beifahrertür zu verschließen.

Wenige Minuten später strömten die Menschen aus dem Bahnhof, eilig liefen sie über den Platz zu den Bussen oder verschwanden in den Straßen. Autos fuhren vor und ab, schon nach wenigen Minuten war es wieder ruhig.

Im Rückspiegel erkannte Müllejans Gerlinde Brause, die offensichtlich enttäuscht war. Sie trug ihre typischen Jeans und eine leichte, helle Jacke und schlenderte mit betrübter Miene auf ihn zu. Vor ihrem Wagen blieb sie kurz stehen, dann sah sie neugierig durchs Fenster und sofort hellte sich ihr Gesichtsausdruck auf. Ihre blauen Augen strahlten, als sie Müllejans erkannte, und auch er bemerkte ein Strahlen, das sich über sein Gesicht legte.

Der zierliche Wirbelwind gefiel ihm noch besser als beim letzten Treffen. Gerlindes Gegenwart wirkte positiv auf ihn, ihre Anziehungskraft war stärker als er in Erinnerung hatte.

Schnell kletterte sie hinter das Steuer und reichte ihm die Hand. »Haben Sie immer solche Überraschungen auf Lager?«, fragte sie vergnügt. »Wenn ich mich darauf einstellen kann, ist das kein Problem.« Sie lachte. »Schön, Sie zu sehen. Haben Sie genügend Geld dabei? Ich habe einen Bärenhunger.« Sie hielt immer noch seine Hand, er drückte sie fest und ließ nicht los.

Müllejans beobachtete still die junge Frau. Ihre blauen Augen, die zarten Lachfältchen gefielen ihm. Schade, dachte er sich, da stand nicht nur der Dirigent zwischen ihr und ihm, da war auch noch seine Erfahrung mit Elisabeth.

»Was ist?« Gerlinde Brause lachte Müllejans weiter an. »Zum Händchenhalten ist es noch viel zu hell. Außerdem brauche ich meine Hände zum Autofahren.«

Müllejans spürte, wie ihm die Röte ins Gesicht stieg. Verlegen entschuldigte er sich, doch die junge Frau strahlte ihn nur an.

Er schwieg und betrachtete Gerlinde, die flink den Zündschlüssel drehte und losfuhr. »Zuerst zu mir und dann nach Venrath«, erklärte sie und lachte wieder. »Keine Sorge, ich will nichts von Ihnen. Ich habe etwas vergessen und ich muss außerdem meine Stubentiger bändigen.«

Auf dem Weg nach Tenholt berichtete Müllejans von seinem Gespräch in der Bank und bei Suhrbach und wunderte sich selbst über seine Offenheit gegenüber dieser Frau.

Gerlinde Brause hatte für Suhrbach nur einen deftigen Kommentar übrig.

Müllejans blieb im Wagen sitzen, als sie ins Haus eilte. Schon nach kurzer Zeit kam sie zurück und warf ihm einen Stadtplan zu. »Das ist unsere Lektüre, während wir auf die Pizza warten.«

Müllejans betrachtete immer wieder Gerlinde Brause von der Seite, als sie über Land fuhren. Er genoss es, neben der herzerfrischenden Frau zu sitzen und ihr zuzuhören. Er hatte sie nach dem Dirigenten gefragt und dafür zunächst einmal wieder ein herzhaftes Lachen als Antwort bekommen. »Der will doch nur das Eine von mir. Aber ich habe ihn abblitzen lassen. Der versucht das jedes Mal aufs Neue und fällt immer wieder auf die Nase. Sein Pech«, fuhr sie schnippisch fort, »und mein Glück, ich komme immer günstig zu guten Konzerten und hervorragenden Essen.« Sie sah Müllejans schmunzelnd an. »Der wird wohl nie kapieren, dass ich nur seine Freundschaft will und nicht mehr.«

Tuchmacher

Gegenüber einer beeindruckenden Kirche in der Dorfmitte bog Gerlinde Brause ab auf einen Parkplatz vor einer Gaststätte. »So, hier sind wir bei Bruns in Venrath. Hier gibt's eine einfach tolle, selbst gemachte Pizza«, sagte sie zufrieden.
Müllejans war es einerlei, ob er in einem italienischen Restaurant oder in einer originalen Dorfkneipe war, Hauptsache, er konnte einige Zeit mit Gerlinde verbringen.
Er staunte, als er den praktisch und rustikal eingerichteten Schankraum betrat, in dem ihn einige Gäste argwöhnisch beäugten. Er war in dieser typischen Landgaststätte ein Fremder, den sie noch nie hier gesehen hatten und dem sie deshalb mit Vorsicht begegneten. Müllejans wunderte sich über die Plakate an den Wänden zwischen den Bildern von Schützenkönigen und Karnevalsprinzen.
Der Wirt machte ersichtlich aus seiner Gesinnung keine Mördergrube. »Stoppt Garzweiler II« hieß es

auf den Plakaten. »Wir kämpfen um unsere Heimat« oder »Wir weichen nicht, nur damit RWE noch mehr Profit macht«, las Müllejans.

Gerlinde Brause führte ihren Begleiter zu einem kleinen Tisch für zwei Personen, den ihnen der junge Wirt zugewiesen hatte. »Wir sind hier in einer Keimzelle des Widerstands gegen den Tagebau«, erklärte sie. »Diese Kneipe gehört einer der Bürgerinitiativen gegen Garzweiler II. Die früheren Wirtsleute haben sie vor ein paar Jahren, als sie sich zur Ruhe gesetzt haben, an die Initiative für wenig Geld verkauft. Jetzt ist sie verpachtet.«

Sie griff zu einem Zettel und machte einige Kreuze. »Hier können Sie Ihre Pizza selbst zusammenstellen. Ich nehme immer Tunfisch, Champignons, Zwiebeln, Spinat und Schinken. Und Sie?«

Müllejans las sich den kleinen Zettel durch und orderte seine Pizza. »Hier treffen sich also immer die Tagebaugegner?«, fragte er.

»Nicht nur hier. Es gibt fast in jedem Ort einen Treffpunkt. Aber hier hat eine der Initiativen ihr Zentrum.« Es gebe mehrere Initiativen, belehrte sie ihn, frei nach dem Motto: Getrennt marschieren, vereint schlagen. »Die größte ist die Gruppe mit dem Namen ›Vereinigte Bürgerinitiativen gegen Garzweiler II‹.«

Gerlinde Brause breitete den Stadtplan auf dem Holztisch aus. Sie zeigte auf Venrath, östlich von Erkelenz gelegen, wie Müllejans erkannte. »Hier sind wir. Und hier«, sie deutete auf eine mit Kugelschreiber eingezeichnete Linie, die zwischen Erkelenz und

Venrath verlief, »sollte ursprünglich die Abbaugrenze sein. Wie Sie sehen, sollte danach unter anderem auch Venrath abgebaggert werden. Dann wurde das Tagebaugebiet verkleinert.« Die junge Frau zeigte auf eine zweite Linie, die östlich von Venrath verlief. »Jetzt bleibt dieses Dorf stehen.«

Dann brauche man doch nicht mehr weiterzukämpfen, folgerte Müllejans leichtfertig.

Sofort brauste die Frau auf. »Erst wenn alle Dörfer befreit sind, war der Kampf erfolgreich. Das haben die Strategen sich so leicht gedacht: Lassen wir ein paar Dörfer stehen und schon erlahmt der Widerstand. Aber da haben sich die da oben ganz gewaltig geschnitten. Hier wird unermüdlich weitergekämpft!«

Von hinten hatte sich ein massiger, großer Mann genähert, der seine Hand an die Hüfte von Gerlinde Brause legte und die Frau an sich drückte. »Wogegen wird hier gekämpft?«, fragte er freundlich.

Sie drehte sich um und ließ wieder ihr klares Lachen erklingen. »Ach, du bist's, Waldi«, sagte sie fröhlich, während Müllejans den Mann skeptisch musterte.

Der große, unförmige Mann Anfang vierzig wog gut und gerne seine einhundertfünfzig Kilogramm. Viel zu fett, dachte Müllejans, und dann noch arrogant und unhöflich. Besonders missfiel ihm der Pferdeschwanz, zu dem der Koloss sein schon angegrautes, langes Haar gebunden hatte.

Unaufgefordert schob der Mann einen Stuhl an den Tisch und setzte sich mit einem Bierglas in der Hand.

»Das ist Waldemar Tuchmacher«, stellte Gerlinde Brause den Mann Müllejans vor. »Und das ist Hieronymus Müllejans. Der hat hier etwas geerbt, von dem er nicht einmal weiß, was es ist.« Das musste als Information genügen und genügte Tuchmacher offenbar auch.

Gerlinde Brause sah Müllejans an. »Waldi ist eine unserer Pfeilspitzen im Fleisch von Rheinbraun. Stimmt's?«

Tuchmacher winkte lässig ab. »Ich trage nur meinen kleinen Teil zum Widerstand bei.« Er sei freier Journalist aus Mönchengladbach und beliefere etliche Medien mit Information aus der Region, erklärte er Müllejans mit gekünstelter Zurückhaltung.

»Aber du bist auch Präsidiumsmitglied in den Vereinigten Bürgerinitiativen und Organisator vieler Aktionen«, fiel ihm die Frau energisch ins Wort. »Ohne dich wäre der Widerstand bestimmt nicht so stark.«

»Du übertreibst gewaltig, meine Liebe«, entgegnete Tuchmacher.

Doch spürte Müllejans, dass ihm das Lob von Gerlinde Brause sehr schmeichelte.

»Was willst du denn mit der Karte?«, fragte der Journalist neugierig.

»Ich wollte meinem Gast nur zeigen, wo die alte und wo die neue Abbaugrenze verläuft.«

»Ach so«, Tuchmacher grinste. »Du meinst die ökologisch-wasserwirtschaftliche Schutzlinie.«

»Die was?« Müllejans stellte verständnislos die Frage.

Der dicke Journalist grinste ihn höhnisch an. »Wohl noch nie etwas von den Leitentscheidungen der Landesregierung zum Braunkohletagebau Garzweiler II gehört, was?« Tuchmacher grapschte nach der Karte und zeigte auf die westliche Linie. »Ursprünglich sollte nach der ersten Leitentscheidung, die wir nur *Leid*entscheidung nennen, die Tagebaugrenze westlich von Venrath verlaufen. Nach der zweiten Leidentscheidung mit der Festlegung einer ökologisch-wasserwirtschaftlichen Schutzlinie wurde die Tagebaugrenze nach Osten zurückgezogen. Durch die Schutzlinie als Grenze sollen ökologische Auswirkungen durch den Tagebau ausgeschlossen werden, behauptet jedenfalls die Landesregierung. Irgendein Gutachter soll diese Linie festgelegt haben, aber niemand hat bisher dieses Gutachten zu Gesicht bekommen. Dennoch ist die Linie das Maß aller Dinge. Die Landesregierung versucht nun, uns die durch die Verlegung der Abbaugrenze verursachte Verkleinerung des Tagebaus als Wohltat zu verkaufen.«

Tuchmacher leerte sein Bierglas mit einem Zug und bestellte mit einem Winken ein neues Getränk.

»Dabei hat diese so genannte Schutzlinie nur einen einzigen, finanziellen Hintergrund. Bis dahin rentiert sich der Abbau der Braunkohle wirtschaftlich allemal, weil das Verhältnis zwischen Abraum und Mächtigkeit der Braunkohleflöze stimmt. Westlich der Grenze wird das Verhältnis schlechter, weil die Flöze schwächer werden und tiefer liegen und zugleich die über der Kohle liegende Abraummenge mehr wird. Da ist zukünftig die Wirtschaftlichkeit für Rheinbraun eventuell nicht mehr gegeben. Also haben sich Regierung und Rheinbraun auf diese neue Linie geeinigt, die man uns als Schutzlinie für die Ökologie verkaufen will.«

Müllejans bemerkte, dass sich Tuchmacher eingeredet hatte. Er hörte dem Journalisten nicht mehr zu, als dieser über die Entwicklung der Schutzlinie berichtete. »Die da draußen im Lande glauben den Unfug, der diesbezüglich verzapft wird, dabei ist die Linie eine abgekartete Sache«, schimpfte Tuchmacher abschließend. Er ging zurück zur dicht belagerten Theke, als der Wirt mit den großen Pizzatellern kam.

Müllejans sah dem Journalisten erleichtert und nachdenklich zugleich hinterher.

»Mit dem brauchen Sie erst gar nicht zu diskutieren, der hat die besseren Argumente gegen den Tagebau«, sagte Gerlinde Brause. Eigentlich sei Tuchmacher ein armes Schwein. »Der lebt nur für seinen Beruf. Der sitzt am liebsten in seinem Mercedes und schläft nur mit seinem Handy. Dem fehlt eine Frau«, behauptete sie resolut, »aber ich bin es nicht, auch wenn er sich vielleicht Hoffnungen macht.« Sie lächelte Müllejans an. »Vollkommen unberechtigt.« Sie hatte zum Besteck gegriffen und ließ es sich schmecken.

Müllejans hatte Mühe, die gewaltige Portion zu verzehren. Die ungewöhnliche Pizza war durchaus nach seinem Geschmack und er verputzte sie bis zum letzten Krümel.

Erneut breitete Gerlinde Brause den Stadtplan aus. »Ich habe übrigens mit Hilfe meiner Freunde aus dem Rathaus und dem Grundbuchamt die ehemaligen Grundstücke Ihrer Großtante eingezeichnet. Schauen Sie!« Sie deutete auf mehrere schraffierte Flächen. »Fällt Ihnen etwas auf?«

Jetzt, beim zweiten Blick und dem frisch angeeigneten Wissen verstand Müllejans die Frage. Alle unbebauten Grundstücke lagen im Bereich zwischen den beiden Abbaulinien.

»Das bedeutet«, erklärte Gerlinde Brause, »Ihre Großtante hat die Grundstücke verkauft, als sie noch im Plangebiet lagen. Etwa ein halbes Jahr nach dem Verkauf wurde die Abbaugrenze zurückgenommen, dadurch bleiben die Flächen unberührt. Und es kommt noch besser: Inzwischen sind die Flächen zum Teil schon als Baugebiete ausgewiesen oder stehen kurz vor der Ausweisung.« Sie sah Müllejans bemitleidend an. »Mein lieber Hieronymus, ich glaube, da ist Ihnen ein kleines Vermögen durch die Lappen gegangen.«

Müllejans winkte ab. »Warum hat denn meine Großtante verkauft, wo doch der Tagebau verkleinert wurde und sie davon profitiert hätte?«

»Weil sie's nicht wusste. Weil's niemand wusste. Oder muss ich sagen; weil's angeblich niemand wusste? Wir sind alle von der ökologisch-wasserwirtschaftlichen Schutzlinie überrascht worden.«

86

Müllejans zuckte ergeben mit den Schultern. »Da kann man halt nichts machen. Das ist Schicksal.« Er sah in die blauen Augen von Gerlinde Brause. »Man muss halt zur rechten Zeit am richtigen Ort sein.«
Sie erwiderte seinen Blick und nippte lächelnd an einem Apfelsaft.
Müllejans bemerkte, wie sich erneut Tuchmacher näherte, der der Frau etwas ins Ohr flüsterte.
»Waldi, benimm dich!«, sagte sie vergnügt. »Setz dich zu uns!«
Gerne kam der Journalist der Aufforderung nach und rückte nahe an die Frau. Fest legte er den Arm um ihre Schulter und drückte sie an sich. Gerlinde Brause ließ es sich gefallen.
Müllejans fühlte sich verlegen. Offenbar kannten sich Tuchmacher und Gerlinde Brause näher, als er gedacht hatte. Vielleicht durfte der Journalist das, was dem Dirigenten verwehrt blieb. Oder benahm sie sich etwa bei allen Männern so entgegenkommend?

»Kannten Sie eigentlich Baumhäuser?« Müllejans war froh über diese Frage, die ihm eingefallen war. Vielleicht konnte er Tuchmacher so von Gerlinde ablenken.
»Klar doch«, antwortete der Journalist jovial, »das war einer meiner besten Freunde. Sein Tod war ein großer Schock für mich.«
Offenbar so groß, dass er nicht zur Beerdigung kommen konnte, dachte Müllejans grimmig, der fette

Kerl wäre ihm garantiert auf dem Friedhof aufgefallen. Was denn dran sei an der Meldung, die er in einer Zeitung gelesen habe, fragte er. »Wohin wollte Baumhäuser?«

»Das kann ich Ihnen leicht sagen«, antwortete Tuchmacher hochnäsig. »Er war mit mir für 23.30 Uhr verabredet. Mit mir und einem weiteren Freund. Wir wollten neue Aktionen gegen den Tagebau besprechen.«

»Warum haben Sie das nicht der Zeitung gesagt?«

»Warum sollte ich? Sie hat mich ja nicht danach gefragt. Und außerdem geht das niemanden etwas an, wenn wir uns zu einem privaten, vertraulichen Treffen verabredet haben.« Tuchmacher gab zu erkennen, dass ihm dieses Thema in dieser Situation nicht behagte, er wollte sich lieber mit der Frau beschäftigen.

Doch hatte sich Gerlinde Brause inzwischen geschickt aus der Umarmung gelöst. Es sei genug, hatte sie mit einem entwaffnenden Lächeln erklärt. Er habe sie beinahe erstickt. »Ich habe noch etwas vor«, betonte sie viel sagend und strahlte Müllejans an.

Enttäuscht erhob sich Tuchmacher. »Dann wünsche ich euch einen schönen Abend«, knurrte er.

Müllejans blickte auf seine Armbanduhr. »Wir müssen bald«, sagte er unruhig. »Der letzte Zug fährt in zwanzig Minuten.«

Gerlinde Brause nickte. »Dann fliegen Sie halt zurück in die Kaiserstadt.« Sie stand auf und winkte den Wirt herbei.

Während Müllejans bezahlte, hatte sie schon das Lokal verlassen.

Schweigsam blieben sie auf der Fahrt zum Erkelenzer Bahnhof. Stumm warteten sie nebeneinander am Bahnsteig.

»Hiero, sehe ich dich wieder?«, fragte sie endlich zum Abschied, als der Zug pünktlich einfuhr. Sie streichelte zärtlich über seinen Kopf und gab ihm einen flüchtigen Kuss. »Verschwinde und komme schnell wieder.«

Sie drehte sich ab und ging eilig zum Seitenausgang. Müllejans stieg in den Zug und sah ihr aus der geöffneten Tür nach. Als sie sich umdrehte, winkte er ihr herzlich zu.

Verunsichert starrte Müllejans während der Zugfahrt in die Dunkelheit. Die Frau ging ihm nicht aus dem Sinn. Sie hatte etwas, das ihn faszinierte. Er war sich sicher, er würde sie wiedersehen. ›Morgen rufe ich sie an‹, nahm er sich vor.

Das Telefon klingelte, als Müllejans müde die Wohnungstür aufschloss. Bevor er am Apparat war, hatte das Klingeln aufgehört.

Doch schon wenige Sekunden später klingelte es erneut. Neugierig und erwartungsfroh nahm Müllejans ab.

Gerlinde Brause war, wie er erhofft hatte, am anderen Ende. Sie wollte sich zu seinem Erstaunen für ihren abrupten Abschied entschuldigen.

Es sei an ihm, sich zu entschuldigen, entgegnete er. Er wäre viel lieber noch mit ihr zusammengeblieben.

»Dann komme wieder«, sagte sie mit müder Stimme.

»Sofort?«

»Nicht sofort, aber nächsten Freitag. Und eines musst du mir versprechen, Hiero.«

»Blind versprochen.«

»Dann musst du bis Sonntag bleiben.«

Müllejans schoss das Blut in den Kopf. »Versprochen«, wiederholte er sich. »Schlaf gut, Lindchen!«

Drohungen

»Auch wenn du mein Gegner bist, Müllejans, so habe ich nichts dagegen, wenn du mich am Abend ins Knossos einlädst.«

Müllejans musste schmunzeln, als ihn Grundler anrief. Der juristische Vertreter seiner Nochgattin wollte sich mit ihm außerhalb der Regularien und des Kanzleimiefs treffen. »Bestimmt lässt sich in einem guten Gespräch manches besser regeln«, hatte Grundler gemeint.

Müllejans hatte die Verabredung gerne angenommen. Mit Grundler konnte man reden, der Typ würde ihn nicht übers Ohr hauen, ihm vielmehr helfen, wenn er konnte. Grundler, das war kein Mann für den Gerichtssaal, Grundler hatte überall seine Finger im Spiel, und vielleicht würde er auch mit ihm spielen.

»Dem Suhrbach wirst du doch wohl keinen Pfennig geben«, sagte Grundler, nachdem ihn Müllejans über den Vormund seiner Großtante informiert hatte. »Der hat garantiert von der Rentenversicherung noch Sterbegeld bekommen und damit deine Erblasserin unter die Erde gebracht. Hake den Typen ab«, hatte Grundler vorgeschlagen, »du könntest allenfalls versuchen, von ihm das Sparbuch herauszufordern. Das müsste eigentlich zum Nachlass gehören.«

Grundler, den Müllejans nur mit Sweatshirt und Jeans kannte und in dem niemand einen Juristen erkennen würde, nippte an seinem Mineralwasser und grinste: »Ich kann dem guten Mann ja einen Brief in deinem Namen schreiben, der es in sich hat. Kostet dich nichts.« Er prostete Müllejans zu. »Bis auf die Getränke hier.«

Müllejans nickte zustimmend und nannte Grundler Suhrbachs Adresse. Nachdenklich stocherte er in seinem Grillteller. Er wusste nicht, ob er Grundler über das Pech seiner Großtante mit den Grundstücksverkäufen unterrichten sollte, entschloss sich aber dann dazu. Ausführlich schilderte er den Verkauf der Grundstücke von Annegret Jansen an die Immobiliengesellschaft und den Weiterverkauf sowie die enorme Wertsteigerung durch die Verlagerung der Abbaugrenzen.

Grundler hatte aufmerksam zugehört und den Kopf geschüttelt. »Hiero, du bist und bleibst ein Pechvogel. Ich glaube, ich muss dir wirklich helfen.«

»Wie denn?«, fragte Müllejans neugierig.

»Keine Ahnung.« Grundler grinste frech. »Aber mir wird garantiert etwas einfallen.« Er grapschte nach seiner Lederjacke und kramte einen kleinen Schreibblock heraus. Ohne sich weiter um Müllejans zu kümmern, starrte er vor sich hin und machte ab und zu einige Notizen.

So kannte ihn Müllejans. Wenn Grundler sich in seine Gedankenwelt zurückzog, war er einfach nur noch körperlich anwesend.

Endlich wachte Grundler wieder auf. Ein strahlendes Lächeln zog über sein Gesicht und Müllejans erkannte auch den Grund dafür.

Eine blonde Schönheit war in das Restaurant getreten und hatte sich dem Tisch genähert. Sie grüßte die beiden Männer herzlich und sah Grundler an: »Tobias, ich muss dich entführen, dein Chef und meine Schwester warten auf uns.«

Schnell beendete Grundler daraufhin das Gespräch und verschwand mit der attraktiven Frau.

Müllejans blieb allein am Tisch sitzen. Er fühlte sich besser, Grundler würde ihm zur Seite stehen, auch wenn der Studienfreund Elisabeths Interessen vertreten musste. Nach dem Blick auf die Uhr hatte er es plötzlich eilig. Er musste nach Hause. Pünktlich um elf Uhr würde er mit Gerlinde telefonieren.

Müllejans freute sich auf das Gespräch und er freute sich auf Freitag.

»Kommst du wirklich?«, fragte Gerlinde skeptisch, als er es ihr am Telefon sagte.

»Soll ich nicht?«

»Vielleicht ist es besser«, antwortete sie. »Besser für dich und besser für mich.«

»Warum sagst du das? Ich denke, es wäre alles klar?« Müllejans schluckte. »Lindchen, was ist mit dir? Wenn du willst, fahre ich am Abend wieder.«

Darum gehe es nicht, entgegnete die Frau. »Offenbar sieht man es nicht gerne, dass wir beide zusammen sind.«

»Wieso?«

»Ich habe heute im Amt einen Anruf bekommen. Jemand, dessen Stimme ich nicht kenne, hat gesagt, ich soll die Finger von dir lassen.«

»Und deshalb sollen wir uns nicht mehr sehen?« Müllejans verstand nicht.

»Deshalb nicht, aber wegen der Drohung. Wenn ich weiter mit dir zusammen sein sollte, müsste ich mit schmerzhaften Konsequenzen rechnen.« Gerlinde hörte sich erschöpft an. Ihre Fröhlichkeit war verschwunden.

Müllejans schwirrten mehrere Gedanken durch den Kopf. Wer hatte ihn überhaupt mit der jungen Frau gesehen?

»Mehr als du dir vorstellen kannst«, antwortete Gerlinde. »Ich bin schon etliche Male auf dich angesprochen worden. Es hat sich bei uns wie ein Lauffeuer herumgesprochen, dass du mit mir durch die

Gegend gefahren bist, ich dich mit nach Hause und dann nach Aachen mitgenommen habe und wir in Venrath gegessen haben. Und dann habe ich noch für dich Informationen im Gericht und in der Verwaltung besorgt.«

»Aber warum mischt man sich in dein Privatleben ein? Du hast doch nichts Verbotenes getan?« Vielleicht sei jemand eifersüchtig, vermutete Müllejans. Der Dirigent vielleicht oder der Journalist?, fragte er vorsichtig.

Gerlindes Lachen klang gequält »Dazu hat kein Mann einen Grund. Es gibt niemanden, der Ansprüche geltend machen kann. Nein, Hiero, ich glaube, das hat garantiert etwas mit dir zu tun.«

»Und was?«

»Mit deiner Person oder deiner Erbschaft, was denn sonst?«, antwortete Gerlinde. »Kann ja sein, dass deine Angeheiratete Terror machen will. Die hat bestimmt Angst, ich könnte dich um den Finger wickeln und sie ginge vielleicht leer aus bei diesem Spiel.«

Spiel ist gut, dachte Müllejans. Konnte er tatsächlich Elisabeth so etwas zutrauen? Woher sollte sie überhaupt wissen, dass er sich in Erkelenz aufgehalten und sich mit Gerlinde unterhalten hatte? »Diese Vorstellung ist einfach absurd«, sagte er entschieden.

Die beiden schwiegen sich lange an.

»Übrigens«, fuhr Müllejans schließlich fort, »ich werde auf jeden Fall am Freitagnachmittag in Erkelenz aussteigen. Ich will ja Suhrbach treffen. Er

soll mir die Unterlagen meiner Großtante geben.«
Müllejans war erleichtert, dass er sich in diesem
Moment an diese Verabredung erinnerte. »Ich
müsste mir ein Taxi nehmen, wenn du mich wirklich
nicht abholen könntest.«

Es schien, als würde Gerlinde erfreut aufatmen.
»Hiero, ich wünsche mir, dass du kommst, auch
wenn ich Angst habe.«

»Etwa wegen des anonymen Anrufers?« Müllejans
redete weiter, bevor die Frau antworten konnte.
»Wenn du klein beigibst, weiß er, wie du zu packen
bist. Du kannst dem Schwein nur auf die Schliche
kommen, wenn du dich widersetzt. Also, ich glaube,
da erlaubt sich jemand bloß einen dummen
Scherz.«

Gerlinde seufzte. »Hoffentlich hast du Recht. Es ist
nur komisch, dass das Telefonat nicht von der Zentrale vermittelt wurde, sondern der Typ mich direkt
auf meinem Apparat angewählt hat. Na ja.« Sie lächelte verlegen. »Ich habe ein bisschen Angst, aber
die Vorfreude auf dich ist noch größer. Passt du
auch gut auf mich auf?«, fragte sie abschließend.

Müllejans lachte. »Ich bin der perfekte Bodyguard.
Ich werde es dir beweisen.«

Mit Interesse las Müllejans am Morgen im Zug und
in seinem Büro Zeitungsberichte über die Braun-
kohlegroßtagebaue Hambach und Garzweiler.
Nachdem schon seit Monaten 35.000 Liter Grundwasser pro Minute im Tagebau Hambach aus dem
Erdreich schossen, fürchtete die Stadt Aachen,

Rheinbraun könne bei der Abbaggerung den Grundwasserspiegel angezapft haben, aus dem auch ihre Thermalquellen gespeist werden. Eine Beeinträchtigung oder gar ein Versiegen der bis zu 73 Grad heißen Quellen könne zu einem erheblichen Verlust von Arbeitsplätzen im Kurbetrieb von Bad Aachen und in der Mineralwasserproduktion führen, wurde lamentiert.

Ein Geologe verlangte, Rheinbraun müsste in Hambach, aber noch mehr im Vorfeld von Garzweiler II, zusätzliche Tiefenbohrungen veranlassen, um genaue Erkenntnisse zu erhalten. Bereits 1984 habe es die ersten Befürchtungen gegeben, der Tagebau könnte die Aachener Quellen beeinträchtigen. Jetzt hätten sich die Befürchtungen konkretisiert.

Aachen ohne Thermalquellen? Bad Aachen in Gefahr? Für Müllejans eine unvorstellbare Vision. Die Artikel machten ihn nachdenklich. Früher, da war Garzweiler II für ihn kein Thema, jetzt, da ein Tagebau vielleicht unmittelbare Auswirkungen auf seine eigene Heimat haben könnte, näherte er sich schon mit mehr Skepsis diesem Projekt.

Bei einer sich bietenden Gelegenheit würde er Gerlinde dazu fragen, nahm Müllejans sich vor. Zunächst jedoch ließ er sich mit seinem Kollegen Michels verbinden und bat ihn um Informationen zur Ökologie des Tagebaus Garzweiler II.

Irgendwo in den Broschüren stieß er auf eine Bemerkung. Die unteren Grundwasserleiter würden nicht beeinträchtigt, nur der oberste Grundwasserleiter würde für die Zeitdauer eines Tagebaus abgepumpt. Woher hatten die Gutachter dieses Wissen? Eventuell war ihre Annahme falsch.

Müllejans war gespannt, wie die Umweltministerin reagieren und entscheiden würde. Immerhin war eine Rückholbarkeit der Genehmigung des Tagebaus möglich für den Fall, dass er nicht ökologisch beherrschbar war.

Als Müllejans am Donnerstag nach Hause kam, fand er zwei Briefe in seinem Briefkasten. Grundler hatte ihm eine Kopie seines geharnischten Schreibens an Suhrbach geschickt.

Der andere Brief ohne Absender enthielt nur ein Blatt. »Lasse dich bloß nicht mehr in Erkelenz blicken!«, stand darauf in Maschinenschrift. Müllejans sah unruhig auf das Blatt und auf den Poststempel auf dem Umschlag. Aber die Entwertung der Briefmarke durch das Briefzentrum 41 gab ihm keine wesentlichen Hinweise.

Er überlegte, ob er Gerlinde von diesem Brief berichten sollte, als er um elf anrief. Doch dann schwieg er dazu. Vielmehr beteuerte er mehrfach, wie sehr er sich darüber freue, sie am nächsten Nachmittag endlich wiederzusehen.

»Ich habe auch etwas für dich«, sagte Gerlinde verlockend. »Aber ich verrate dir nicht, was es ist.«

Glück

Seine Vorfreude verflog auf der Stelle, als Müllejans in Erkelenz den Zug verließ und er vergeblich nach Gerlinde Ausschau hielt. Unruhig blickte er sich auf dem Bahnsteig um und wartete, bis alle anderen Zugreisenden gegangen waren, doch es gab von Gerlinde keine Spur. Sie hatte ihn versetzt.

Er war darüber noch nicht einmal verärgert. Er hätte es sich denken können. Was war schon ein gehörnter Regierungsrat im Vergleich zu einem berühmten Dirigenten oder erfolgreichen Journalisten? Ein Nichts. Es wäre zu schön gewesen, dachte sich Müllejans, als er betrübt durch das Bahnhofsgebäude schlich und die Taxistände ansteuerte.

Ein leichter Stoß in die Seite riss ihn aus seiner Enttäuschung. »Wünschen Sie vielleicht ein Privattaxi, mein Herr?«, hörte er eine Stimme, deren Klang ihm vom Telefon so vertraut geworden war. Gerlinde grinste ihn vergnügt an und umarmte ihn herzlich. »Müllejans, das war die Retourkutsche für letzte Woche. Die hast du verdient.« Sie hakte sich zufrieden bei ihm ein und lenkte ihn zu ihrem Wagen. »Wohin soll es denn gehen?«, fragte sie, während er seinen kleinen Schalenkoffer auf dem Rücksitz verstaute.

Er würde gerne zunächst Suhrbach besuchen, antwortete Müllejans. Er zeigte Gerlinde den Brief, den Grundler an den Vormund geschrieben hatte.

»Wie ich den kenne, ist der tödlich beleidigt«, kommentierte Gerlinde nach dem Lesen. »Was wollen wir wetten?«

Wahrscheinlich hätte sie die Wette gewonnen. Aber Suhrbach hatte es vorgezogen, nicht daheim zu sein, als Müllejans an der Wohnungstür schellte.

Ein junger Mann öffnete, der kurz angebunden erklärte, sein Vater sei unterwegs und sehe keine Veranlassung, sich mit Müllejans zu unterhalten. Nach dem Brief des Anwalts sei ein objektives Gespräch ohnehin nicht mehr möglich, Müllejans sei voreingenommen, er würde nicht den immensen Wert des Engagements erkennen, das sein Vater für Annegret Jansen aufgebracht habe, beklagte der Mann. Er machte keinerlei Anstalten, Müllejans ins Haus zu bitten, sondern hatte sich demonstrativ im Türbogen angelehnt.

Das ist der Alte in Jungformat, dachte sich Müllejans. »Und was soll das heißen?«, fragte er.

»Das heißt, dass mein Vater Sie nicht mehr sehen will.« Suhrbachs Sohn griff hinter sich. »Das soll ich Ihnen geben.« Er reichte Müllejans ein Sparbuch. »Sie haben es ja unverständlicherweise schon umschreiben lassen.«

Müllejans sah keine Veranlassung, zu widersprechen. Das brachte nichts. Er blätterte in dem Sparbuch, das auf Annegret Jansen ausgestellt war. Nur eine Zeile war bedruckt. Wenige Tage vor dem Ableben hatte die Großtante noch 50 Mark abgehoben; der Vormund, korrigierte sich Müllejans. Zu diesem Zeitpunkt hatte Annegret Jansen bereits im Krankenhaus gelegen.

»Wann wollen Sie eigentlich die Beerdigungskosten begleichen?«, fragte Suhrbachs Sohn streng.

Müllejans sah ihn erstaunt an. »Das habe ich mit Ihrem Vater bereits besprochen.« Er bemerkte, dass der Mann irritiert war. »Ihr Vater kann sich gerne mit mir in Verbindung setzen«, fuhr er schnell fort. »Er wird ja wohl wissen, wo er mich finden kann.« Müllejans verabschiedete sich und ging zurück zu Gerlinde, die im Wagen gewartet hatte.

»Lassen Sie sich bloß nicht mehr in Erkelenz blicken«, rief ihm der junge Mann nach und Müllejans stockte für einen Moment. Das kam ihm so verdammt bekannt vor.

Gerlinde sah sich nachdenklich das Sparbuch an. »Raffiniert«, sagte sie, »der Typ ist einfach genial raffiniert.«

»Wieso?«

Gerlinde lächelte Müllejans überlegen an. »Weißt du, wie viel Geld von dem Sparbuch in welcher Zeit abgehoben wurde? Natürlich nicht. Das kannst du gar nicht wissen. Der Kerl hat die Abhebungen nämlich so manipuliert, dass du ein Sparbuch mit nur einer Eintragung erhältst«, behauptete sie. »Das alte hat der garantiert nicht mehr.« Sie glaube nicht, dass Müllejans jemals erfahren werde, ob Annegret Jansen den Kaufpreis für ihre Grundstücke aufs Sparbuch oder woanders angelegt hatte. Die Sparkasse hätte ihm ja erklärt, dass es nicht mehr Geld gebe. Und andere Geldinstitute hätten sich nicht bei ihm gemeldet. »Wer weiß, wohin die Rente geflossen ist?« Sie blickte wütend auf Suhrbachs Haus. »Die hat er sich auch unter den Nagel gerissen.« Gerlinde schnallte sich an. »Das Sparbuch, das ist der mickrige Rest vom Schützenfest«, sagte sie und startete zornig den Wagen. »Da hat einer den großen Reibach gemacht, Hiero.«

Die Grundstücke waren weg, der Verkaufserlös war weg. ›Was soll ich eigentlich noch in Erkelenz?‹, fragte sich Müllejans. Er betrachtete Gerlinde und wusste die Antwort. Vielleicht war sie sein Glück.

»Wohin?«, fragte sie.

»Ich habe Hunger, wollen wir nicht wieder Pizza essen? In dem Widerstandsdorf?«

Zustimmend nickte die junge Frau. »Hast wohl dein Herz daran verloren?«

Müllejans schmunzelte stumm vor sich hin. Er betrachtete die offene, weitläufige Landschaft, die ihm vertrauter vorkam, die anfing, ihn mit dem ihr eigenen Charme zu umgarnen.

Gerlinde schien seine Gedanken zu erraten. »Es ist schon schön hier, auch wenn es auf den ersten Blick wie plattes Bauernland aussieht. Weißt du übrigens, dass wir hier in der Erkelenzer Börde die besten Ackerböden Deutschlands haben?«

Müllejans wusste es nicht und das, obwohl er im Landwirtschaftsministerium arbeitete, wie Gerlinde ironisch bemerkte. Woher hätte er es auch wissen sollen, fragte er sich.

»Wir haben hier Neunziger- bis Hunderter-Böden«, antwortete Gerlinde. »Besser geht es nicht. Üblicherweise haben die landwirtschaftlichen Flächen im Durchschnitt zwischen sechzig und siebzig Punkte, bei uns sind sie viel besser. Wenn die Bagger kommen, verschwinden diese kostbaren Böden. An ihrer Stelle bekommen wir dann den stinkenden Restsee.«

Es werde doch auch Landschaft rekultiviert, gab Müllejans zu bedenken.

Aber es würde nicht mehr die Menge an Ackerfläche geschaffen, die jetzt bestehe, erwiderte Gerlinde, und es würde schlechtere Ackerfläche geschaffen. »Die guten Böden hier brauchen nur wenig Düngemittel. Die neu geschaffenen Böden müssen mit Düngemittel vollgepumpt werden, damit die Landwirte rentable Erträge erwirtschaften.« Doch nicht nur die Qualität, auch die Quantität der Ackerfläche ginge durch Garzweiler II verloren. »Dann gibt es kein Land mehr für die Bauern hier. Betriebe werden schließen.«

»Aber es gibt doch eine Abfindung«, warf Müllejans ein.

Gerlinde lachte kurz auf. »Für die Grundbesitzer, aber nicht für die meisten Landwirte. Die arbeiten in aller Regel auf Pachtland und sind die Verlierer des Tagebaus, denn sie bekommen keinen Ersatz. Die können schlichtweg ihren Betrieb aufgeben und ihre Mitarbeiter entlassen.«

»Dann sind die Landwirte in der Region auch gegen den Tagebau?«

»So ist es«, bestätigte Gerlinde, »jedenfalls diejenigen, die ich kenne. Sie befürchten den Verlust ihrer Existenz und haben Sorgen um die Mitarbeiter, deren Arbeitsplätze ersatzlos gestrichen werden. Das dürften mehrere hundert sein.« Nur die Großfürsten und Bauernfunktionäre, die stets mit Rheinbraun verhandelten, die würden dem Kohleabbau wohlwollend gegenüberstehen. »Ich möchte mal wissen, warum«, sagte Gerlinde mehrdeutig.

»Apropos Landwirtschaft.« Müllejans fiel es wieder ein. »Was ist eigentlich aus dem Anhänger und dem Traktor geworden? Du weißt, die Geschichte mit dem zugeschütteten Radfahrer.«

Gerlinde sah ihn erstaunt an. »Gute Frage. Die Sache ist wohl im Sande verlaufen. Ich habe jedenfalls nichts mehr davon gehört.«

Sie fuhr auf den Parkplatz vor der Gaststätte Bruns und rammte fast einen Mercedes, der rückwärts von einem Stellplatz fuhr.

Der Fahrer gestikulierte erst böse, dann winkte er freundlich, als er Gerlinde erkannte. Es war Tuchmacher, der die Seitenscheibe seines Wagens herunterkurbelte und Gerlinde zu sich rief. »Du hast mir heute noch zu meinem Glück gefehlt. Wenn du willst, kannst du mich heute Nacht anrufen, ich bin allein.«

Gerlinde zuckte mit gespieltem Bedauern mit den Schultern und deutete auf ihren Fiesta, aus dem Müllejans ausstieg.

»Na, dann eben nicht«, brummte der Journalist und fuhr davon.

Die Gaststätte war proppenvoll. In dem Saal links vom Eingang hatten sich viele Menschen versammelt und auch im Schankraum waren alle Tische besetzt.

»Hier gibt es heute einen Vortrag über die ökologischen Auswirkungen des geplanten Tagebaus«, klärte Gerlinde Müllejans auf. »Willst du zuhören?« Nicht unbedingt, bekannte Müllejans. Er wollte sich lieber mit Gerlinde unterhalten.

»Das ist typisch für die Unwissenden, sie wollen sich nicht informieren«, bemerkte die junge Frau. Sie sah sich um und entdeckte einen Tisch, an dem gerade zwei Plätze frei wurden. »Der ist optimal«, befand sie, »da können wir essen und zugleich zuhören.«

Kritisch musterte Müllejans die Gestalten, die an der Kopfseite des Saales Platz genommen hatten. »Die wollen Ahnung von Ökologie haben?«, fragte er skeptisch.

Gerlinde lachte auf. »Das sind allesamt Wissenschaftler von der Uni Bochum und der RWTH deiner Heimatstadt. Ihre Gutachten gefielen Rheinbraun oder der Landesregierung nicht, deshalb wurden sie nicht akzeptiert und von anderen Wissenschaftlern neue Gutachten angefertigt, die das gewünschte Ergebnis brachten.« Sie betrachtete Müllejans kopfschüttelnd. »Hier wird mit der Wissenschaft so lange manipuliert, bis sie politisch genehm ist.«

»Was ist politisch genehm?«

104

»Politisch genehm ist das Ergebnis, dass der Tagebau ökologisch beherrschbar ist, dass beispielsweise die Grundwasserströme kontrolliert werden können und dass der Naturpark Schwalm-Nette erhalten bleibt.« Gerlinde lächelte gequält. »Die Landesregierung hat versprochen, den Tagebau sofort zu stoppen, wenn der Naturpark wegen des sinkenden Grundwasserspiegels in Gefahr ist. Aber sie hat sich inzwischen selbst schon zurückgenommen. Hieß es zunächst, der Naturpark müsse erhalten bleiben, so ist jetzt nur noch die Rede davon, er müsse in seiner Grundsubstanz erhalten bleiben. Niemand weiß jedoch, was die Grundsubstanz ist.«

»Das werden wieder Gutachter festlegen, vermute ich«, fiel ihr Müllejans ins Wort. Er hatte auf einem Zettel seine Pizzakombination angekreuzt und reichte ihn der Bedienung. Müllejans stützte sein Kinn auf den Händen ab und lauschte in den Saal hinein.

Was die Wissenschaftler in einfachen Worten von sich gaben, klang durchaus plausibel, klang nicht schlechter als die Verlautbarungen, die er in den offiziellen Texten zum Tagebau gelesen hatte.

Es gab nur einen schwerwiegenden Unterschied: Hier wurde genau das Gegenteil von dem behauptet, was er in den Hochglanzbroschüren mitbekommen hatte.

Auch während des Essens hörte Müllejans aufmerksam zu.

Gerlinde ließ ihn gewähren und beobachtete ihn schmunzelnd. »Na«, sagte sie schließlich, als die

Vorträge beendet waren und sich die Diskussion langsam im Kreise drehte, »hast du alles verstanden?«

»Ich glaube schon«, antwortete Müllejans. »Wenn ich richtig verstanden habe, nehmen eure Ökologen an, dass der Naturpark kaputt geht, zum einen, weil er jetzt schon wegen der Nichteinhaltung der für den Tagebau Garzweiler I vereinbarten Vorkehrungen vorgeschädigt wird, zum anderen, weil das dem Naturpark zugeführte Oberflächenwasser nur ein unzureichender Ersatz für das abgepumpte Grundwasser ist.«

»Müllejans, ich bewundere dich, du bist einfach genial«, neckte ihn Gerlinde. »Und sonst noch was?«

Müllejans nickte. »Der Restsee nach dem Tagebauende ist ein riesiges ökologisches Wagnis. Er könnte zur stinkenden Jauchegrube werden, wobei noch nicht einmal geklärt ist, ob dieser See überhaupt mit Wasser gefüllt werden kann. Wenn ich es richtig verstanden habe, braucht Rheinbraun zur Verfüllung Rheinwasser, aber bislang besteht mit den Anliegerkommunen, die aus dem Rhein ihr Trinkwasser gewinnen, noch gar keine Vereinbarung, dass Rheinbraun überhaupt das Wasser aus dem Rhein abpumpen darf.« Müllejans schluckte an seinem Mineralwasser.

»Gut aufgepasst«, lobte ihn Gerlinde. Sie griff über den Tisch nach seiner Hand. »Für heute hast du genug gelernt, jetzt wollen wir uns des Lebens freuen.«

»Und wie?«, fragte Müllejans. Er hatte Mühe, seine Aufregung zu verbergen.

»Mit einer Flasche Sekt bei mir«, antwortete Gerlinde gelassen. »Oder hast du einen besseren Vorschlag?«

Müllejans schüttelte den Kopf und erhob sich. »Lass uns gehen«, sagte er.

Vor dem Wagen umarmte er Gerlinde und küsste sie.

Sie drückte sich an ihn und schlang ihre Arme um seinen Hals. »Du wärmst mich gut«, flüsterte sie leise. Sie löste sich von ihm und stieg in den Ford.

Stumm fuhren sie nach Tenholt und stiegen vor Gerlindes Haus aus. Eng umschlungen gingen sie zum Eingang und erstarrten in der Bewegung. Gerlinde stieß einen spitzen Schrei aus und schlug ihre Hände vor die Augen. Müllejans schluckte schwer.

Vor der Tür lag auf dem Weg, von der Außenleuchte angestrahlt, eine von Gerlindes Katzen in einer Blutlache. Jemand hatte ihr den Schädel eingeschlagen. Der verschmierte Spaten war an die Mauer angelehnt.

Müllejans griff nach dem Gerät und hob den Kadaver auf die Schaufel. Er blickte sich kurz um und erkannte im fahlen Licht eine freie Bodenfläche hinter einer Fichte. Eilig begrub er das Tier, er musste sich beeilen, um schneller zu sein als der Ekel, der langsam in ihm aufstieg.

Er schwitzte, als er endlich das Erdloch wieder geschlossen hatte und ins Haus gehen konnte. Er bemerkte Gerlinde, die mit zusammengekniffenen Lippen im Hausflur stehend den Telefonhörer in der Hand hielt.

»Was ist?«, fragte Müllejans besorgt und legte seinen Arm um ihre Schulter.

»Du sollst von hier verschwinden. Du steckst deine Nase zu tief in Angelegenheiten, die dich nichts angehen«, antwortete Gerlinde ermattet. »Eine unbekannte Stimme hat gesagt, du sollst Erkelenz verlassen. Sonst würde es dir und mir so ergehen wie der Katze.« Sie lehnte sich an Müllejans und bemühte sich, nicht zu weinen. »Hiero, was soll das?«

»Ich weiß es nicht.« Es muss etwas mit seiner Erbschaft zu tun haben, vermutete Müllejans.

»Dann kann doch nur Suhrbach dahinter stecken«, folgerte Gerlinde prompt.

So könnte es sein, bestätigte Müllejans, aber dieser Schluss sei eigentlich zu simpel. »Ich möchte wissen, wem ich auf den Schlips getreten habe.« Er sah Gerlinde tief in die Augen. »Oder habe ich einen Nebenbuhler, der vor Eifersucht ausrastet und sich rächen will?« Tuchmacher ging ihm nicht aus dem Sinn.

Es habe niemand eifersüchtig zu sein, entgegnete die junge Frau entschieden, und Tuchmacher allemal nicht. »Müllejans, ich will mit dir ins Bett gehen. Jetzt, sofort und ohne große Diskussion.«

Waltermann

Als sie spät am Samstag aufwachten, hatten sie eine ungewöhnliche Nacht verbracht. Kaum hatte sich Gerlinde an ihn gekuschelt, begann sie zu zittern und zu weinen. Ihre Anspannung wurde frei, sie hatte den Anblick der toten Katze doch nicht so verkraftet, wie es zunächst schien, als sie sich stark und beherrscht gezeigt hatte.

Müllejans hatte sie in den Arm genommen und ihr beruhigend über den Kopf gestreichelt. Lange hatten sie miteinander geredet. Warum sollte sie eingeschüchtert werden? Warum sollte er verschwinden? Worin hatten sie zu tief ihre Nasen gesteckt? Antworten fanden sie keine.

Nur eine Entscheidung war für sie sonnenklar, als sie weit nach Mitternacht übermüdet einschliefen. Sie würden sich keinesfalls einschüchtern lassen.

»Es ist schön, dich an meiner Seite zu haben«, sagte Gerlinde schüchtern lächelnd, als sie am Frühstückstisch saßen.

Sie mussten sich mit dem Essen beeilen. Gerlinde hatte beschlossen, ihre zwei noch lebenden Katzen zu einer Freundin zu bringen, die allerdings nur bis Mittag zu erreichen war. »Von ihr habe ich die Katzen«, erklärte Gerlinde, »dort ist quasi ihr zweites Zuhause, ich bringe sie auch im Urlaub dahin.«

»Wohin?«, fragte Müllejans.

»Nach Watern«, erhielt er zur Antwort und ihm blieb in seiner Unkenntnis nur noch die Bemerkung: »Aha.«

»Woher willst du das Dorf auch kennen?«, meinte Gerlinde verständnisvoll, als sie losfuhren.

Interessiert beobachtete Müllejans die Umgebung. Ihre Fahrt führte diesmal in eine andere Richtung, nach Westen, nach Wegberg und dort über den Grenzlandring. Müllejans erinnerte sich flüchtig daran, dass es hier nach dem Krieg Autorennen gegeben haben soll.

Müllejans war von dem in einer seichten Hügellandschaft idyllisch gelegenen Dorf angetan. Weiher und viel Grün, sogar dichten Baumbestand und Wald gab es. Es sah hier völlig anders aus als in der Erkelenzer Börde, die durch ihre flache, fast baumlose Gestalt charakterisiert wurde.

»Hier gibt es ja auch noch die Schwalm«, klärte ihn Gerlinde auf. »Wir befinden uns schließlich im Quellgebiet.«

»Aber nicht mehr lange«, fügte ihre Freundin bedauernd hinzu. »Komm, ich zeige dir etwas«, forderte sie Müllejans auf und ging über eine leicht abfallende Wiese, bis sie an einem Bachlauf angelangt waren.

»Das ist die Schwalm«, sagte sie, »beziehungsweise, das ist das, was noch von ihr übrig geblieben ist.« Müllejans erblickte in einem rund einen Meter tiefen, von Buschwerk umgebenen Graben einen knapp zwei Meter breiten Wasserlauf.

»Wenn du genau hinsiehst, erkennst du auf halber Höhe, dass bis dahin das Gehölz schwarz und blattlos ist.«

Müllejans nickte stumm.

»Das ist die Linie des ursprünglichen Wasserstands der Schwalm. In nicht einmal zehn Jahren hat er sich halbiert«, klärte ihn Gerlindes Freundin auf. »Das sind schon die Auswirkungen auf das Grundwasser durch den bestehenden Tagebau Garzweiler I. Wenn der Anschlusstagebau Garzweiler II noch dazukommt, gibt es überhaupt kein Wasser mehr.« Sie sah Müllejans mit einem wütenden Funkeln an. »Die haben uns jetzt schon die Natur kaputt gemacht. Hier sieht die Welt zwar noch heil aus, aber nur, weil die Natur am Tropf hängt.« Bald werde es mit der Schwalm nicht anders sein als mit der Niers, sagte sie, und Müllejans sah sie verständnislos an.

»Die Niers entsprang früher im Erkelenzer Osten in Kuckum. Jetzt ist die Quelle längst versiegt, der Bach beginnt im Prinzip in einer Kläranlage etliche Kilometer weiter nördlich. Alle Konzepte, die zwischen Landesregierung und Rheinbraun vereinbart wurden, sind in meinen Augen nur Makulatur.« Er solle sich einmal das MURL-Konzept zu Garzweiler I besorgen und nachsehen, wann welche Maßnahmen zum Erhalt von Fauna und Flora mit welchem Erfolg durchgeführt worden sind. »Das haut vorne und hinten nicht hin, zu spät, zu wenig, falsche Methoden, das ist ein Rattenschwanz des Versagens«, behauptete die Frau. Sie sah Müllejans zweifelnd an.

»Und dann sollen ausgerechnet die Maßnahmen für Garzweiler II greifen?«

»Niemals«, fiel ihr Gerlinde ins Wort.

Nachdenklich sah Müllejans aus dem Seitenfenster, als Gerlinde zurück in Richtung Erkelenz fuhr. Die praktischen Auswirkungen eines Tagebaus waren ihn zum ersten Mal deutlich geworden. Oder war die Behauptung der Frau übertrieben gewesen? War das Absinken des Wasserstands in der Schwalm vielleicht nur eine Laune der Natur? Er fragte Gerlinde danach.

»Das behaupten tatsächlich einige Gutachter, aber die Wahrscheinlichkeit spricht dagegen. Andere Gutachter bestätigen unsere Ansicht, dass der Tagebau die Schwalm langsam aber sicher ebenso trocken legt wie die Niers.« Sie würde ihm gerne einmal einen Tagebau aus der Nähe zeigen, schlug Gerlinde vor. Es gebe genügend Aussichtspunkte. »Aber nicht heute Nachmittag. Ich brauche eine Stunde Bettruhe.« Sie nahm die rechte Hand vom Lenkrad und kraulte Müllejans im Nacken. »Mit dir.«

Schon von draußen hörte Gerlinde das Klingeln des Telefons im Hausflur. Schnell schloss sie die Tür auf, sprang zu dem Apparat und meldete sich. Erstaunt runzelte sie während des Gesprächs die Stirn und reichte schließlich den Hörer kopfschüttelnd an Müllejans. »Für dich, ein Grundler will dich sprechen.«

Entschuldigend verzog Müllejans das Gesicht. »Das ist ein Freund, dem ich deine Nummer für den Fall gegeben habe, dass er mich dringend erreichen muss.« Er lächelte verlegen.

»Was gibt's, du Störenfried?«, fragte er in die Muschel.

Das Telefonat wurde offensichtlich zu einem Monolog von Grundler, den Müllejans gelegentlich mit einem »Aha« anreicherte. »Das ist ja interessant«, sagte er abschließend und legte auf.

»Was ist interessant?«, fragte Gerlinde, während sie Müllejans an die Hand nahm und ins Schlafzimmer bugsierte.

Er rieb sich nachdenklich das Kinn, bevor er antwortete: »Schmitz ist tot.« Grundler habe sich zu einem Gespräch mit dem Immobilienmakler am Morgen verabredet. Gestern Abend sei Schmitz aber gestorben. »Herzinfarkt, so wird angenommen.«

»Was wollte Grundler überhaupt von Schmitz?« Gerlinde fiel endlich ein, dass Schmitz der Makler gewesen war, der die Grundstücke von Annegret Jansen erworben hatte.

Müllejans zuckte mit den Schultern und lächelte verlegen Gerlinde an, die sich ungeniert vor ihm ausgezogen und nackt aufs Bett gelegt hatte. »Er hat mir gesagt, dass er mit Schmitz über das Grundstücksgeschäft reden wollte. Zunächst hat Schmitz nicht gewusst, was Grundler eigentlich von ihm wollte. Dann hat er sich wohl erinnert, wollte aber nichts sagen. Danach hat ihm Grundler den Termin für heute quasi aufgenötigt. Der kann unwahrscheinlich stur sein.«

Er legte sich neben die Frau und betrachtete sie.

»Ist schon komisch, dass der Typ ausgerechnet dann stirbt, als man mit ihm reden wollte«, bemerkte Gerlinde, die begann, Müllejans' Krawattenknoten aufzudröseln.

»Findet Grundler auch«, pflichtete Müllejans ihr bei. Er genoss ihre Hand, die über seine Brust streichelte. »Schmitz war zum Ende des Telefonats ziemlich aufgeregt«, fügte er hinzu. Er lächelte Gerlinde an und schlang seine Arme um sie. »Ich bin gespannt, was Grundler jetzt machen will. Der ist richtig heiß geworden und suhlt sich in der Angelegenheit bis zum bitteren Ende.«

»Warum macht Grundler das?«

»In erster Linie, weil er ein Studienfreund von mir ist und zweitens, weil er der Anwalt meiner Nochgattin ist.« Er habe Grundler sämtliche Informationen über die Transaktion der Grundstücke gegeben, klärte Müllejans Gerlinde auf. »Wenn einer noch eine Möglichkeit findet, das Geschäft vielleicht rückgängig zu machen, dann ist es Grundler. Wenn nicht, ist's mir auch egal. Ich kann jedenfalls nur gewinnen.«

Gerlinde verstand nicht.

»Jetzt habe ich knapp 15.000 DM«, erklärte Müllejans. »Sollte das Grundstücksgeschäft sittenwidrig gewesen und eventuell nichtig sein, bekomme ich vielleicht die Grundstücke im Wert von zwei Millionen DM und muss allenfalls 500.000 DM zurückzahlen.« Er gab Gerlinde einen zärtlichen Kuss. »Für Grundler und mich stinkt das ganz gewaltig nach Betrug. Jemand hat Annegret Jansen die Grundstücke abgequatscht in dem Wissen, dass sie wenige Monate oder Jahre später das Mehrfache wert sein würden. Jemand, der wusste, dass es die Verkleinerung des Tagebaus geben würde.«

Gerlinde streichelte Müllejans grübelnd übers Gesicht. »Wer sollte davon wissen? Die Verkleinerung schlug doch wie eine Bombe ein.«

Müllejans grinste. »Tu doch nicht so naiv. Der Minister, der die Verkleinerung bekannt gab, wusste natürlich schon früher davon ebenso wie seine Mitarbeiter. Garantiert hat es im Vorfeld Gespräche und Vereinbarungen mit Rheinbraun gegeben. Du hast doch selbst gesagt, dass die Verkleinerung keine wirtschaftlichen Nachteile bringt. Auch darüber werden sich der Minister, vielleicht sogar die Landesregierung und Rheinbraun verständigt haben.«

Müllejans atmete tief durch und gab Gerlinde erneut einen Kuss. »Du siehst also, dass es wahrscheinlich etliche Mitwisser schon vor der Bekanntgabe gab.«

Gerlinde erwiderte den Kuss. »Aber was haben diese Mitwisser mit den Grundstücken deiner Großtante zu tun? Die kennen sie wahrscheinlich nicht einmal.«

»Eben«, pflichtete ihr Müllejans bei, »deshalb suchen Grundler und ich nach einem oder mehreren Unbekannten, die ihr eigenes Süppchen kochen.«

Gerlinde stockte für einen Moment der Atem, sie schüttelte sich kurz. »Glaubst du etwa an Baumhäuser?«

Müllejans lachte grimmig. »Der steht auf meiner Liste ganz oben.«

»Aber er ist tot.«

»Richtig, ebenso wie Schmitz. Es ist schon merkwürdig, dass diejenigen nicht mehr leben, die uns etwas sagen könnten.«

»Alle nicht«, widersprach Gerlinde. »Dein Freund Grundler wird sich doch garantiert die zweite Immobiliengesellschaft vorknüpfen, denke ich.«

»Und ich die anderen«, ergänzte Müllejans.

»Welche anderen?«

»Tu doch nicht so naiv«, wiederholte sich Müllejans. Er drückte Gerlinde an sich und küsste sie fest. Langsam glitt seine Hand über ihren nackten Rücken.

Am frühen Abend fuhren sie nach Erkelenz. Gerlinde hatte Müllejans zu einem Kneipenbummel eingeladen.

Er war erstaunt über den Betrieb in der Innenstadt. Offenbar galt die vielfältige Gastronomie als der Geheimtipp schlechthin. Viele Fahrzeuge mit Kennzeichen aus Mönchengladbach, Düsseldorf, Aachen und Köln waren oftmals verkehrsbehindernd an den Straßenrändern geparkt.

»Die haben alle kein Zuhause«, lästerte Gerlinde vergnügt, »deshalb kommen die alle in unser schönes Städtchen.« Sie hatte sich bei Müllejans untergehakt und bugsierte ihn in eine Kneipe am Markt.

Dort entdeckte sie einige junge Menschen, denen sie freundlich zuwinkte. »Jetzt weiß wenigstens jeder, dass du mit mir zusammen bist«, flüsterte sie Müllejans ins Ohr, »es spricht sich hier in dem Kaff wie ein Lauffeuer herum, dass die Brause wieder mit einem neuen Macker unterwegs ist.« Sie packte ihren Begleiter energisch an die Hand. »Komm!«

Ehe er sich besinnen konnte, hatte ihn Gerlinde zu einem Tisch geführt, an dem schon zwei Männer saßen. Beide hatte Müllejans schon einmal gesehen, den einen kannte er: Es war Tuchmacher.

Den anderen Mann, der bei Bruns in Venrath einen Vortrag gehalten hatte, stellte Gerlinde als Dr. Waltermann vor, den Vorsitzenden der Vereinigten Bürgerinitiativen gegen den Tagebau Garzweiler II.

»Ist das hier etwa ein konspiratives Treffen?«, versuchte Müllejans zu scherzen, während er missmutig registrierte, dass der fettleibige Tuchmacher Gerlinde mit den Augen förmlich verschlang.

Waltermann lächelte ruhig. »Dann wäre jedes zweite Gespräch in Erkelenz konspirativ. Es gibt überall und immer Bürger in den Kneipen, die mit uns gegen den Tagebau kämpfen.« Er prostete Müllejans freundlich zu. »Aber es gibt Gott sei Dank auch private Treffen.«

»Oder man trifft sich rein zufällig«, fiel ihm Gerlinde ins Wort.

Sie und Müllejans hatten kaum an dem Tisch Platz genommen, da griff Tuchmacher nach seinem auf dem Tisch abgelegten Handy und verabschiedete sich, nicht ohne Gerlinde einen Kuss auf die Wange gehaucht zu haben.

»Wir sind halt Parteifreunde«, entschuldigte sich Gerlinde verlegen. Sie hatte Müllejans' Stirnrunzeln richtig gedeutet. »Wir sind beide in der SPD.«

Damit überraschte sie Müllejans, der prompt sagte: »Und dann seid ihr gegen den Tagebau?«

»Selbstverständlich«, bestätigte Gerlinde. Sie grinste. »Dr. Waltermann ist übrigens CDU-Kreistagsabgeordneter.«

»Und kann ebenfalls nicht die Garzweiler-II-Position der CDU-Landtagsfraktion vertreten«, fügte der gelassen wirkende Kommunalpolitiker hinzu.

Interessiert musterte Müllejans den Mann Mitte vierzig, der ordentlich mit Hemd und Krawatte gekleidet war. Waltermann machte keinesfalls den Eindruck eines verbohrten Initiativlers, der mit aller Gewalt seinen Standpunkt als den allein selig machenden verkaufen wollte.

»Haben Sie denn bei der politischen Konstellation auf Landesebene überhaupt eine Chance, Garzweiler II zu verhindern?« fragte er Waltermann. SPD, CDU und neuerdings auch wieder die Dauerwender von der FDP hatten sich in letzter Zeit immer wieder und verstärkt für die Fortführung des Braunkohletagebaus ausgesprochen, erinnerte er sich.

»Wissen Sie, was uns das politische Geplärre schert? Überhaupt nichts. Die Politiker können reden, was sie wollen. Entscheidend ist, was die Wirtschaft und hier speziell das RWE will. Wenn die

RWE-Tochter Rheinbraun ihren Verzicht auf Garzweiler II erklärt, stimmen die Politiker sofort zu.« Waltermann blickte gedankenvoll in sein Wasserglas. »Garzweiler II ist keine politische Frage, Garzweiler II ist eine wirtschaftliche Frage.« Er lächelte und fuhr fort, ehe Müllejans ihn unterbrechen konnte. »Ich weiß, was Sie jetzt sagen wollen. Es gehe auch um Arbeitsplätze, die Garzweiler II mit sich bringt. Stimmt's?«

Müllejans nickte. Danach hatte er tatsächlich fragen wollen. »An dem Tagebau hängen doch einige tausend Arbeitsplätze, was wäre ohne Garzweiler II?«

Es seien allenfalls 9.000, antwortete Waltermann. Das sei eine verlässliche Zahl, die sogar in der Werkzeitschrift von Rheinbraun »Revier und Werk« genannt worden war. »Wir haben errechnet, dass ohne Garzweiler II in ungefähr zehn Jahren maximal 1.000 Mitarbeiter von Rheinbraun arbeitslos werden könnten. Diese Zahl ist fast identisch mit der Zahl der Arbeitsplätze, die durch den Tagebau im Erkelenzer Osten vernichtet würden, wenn er tatsächlich kommen sollte.« Er schluckte. »Der Bäcker, der Landwirt, der Apotheker, das Krankenhaus in Immerath und so weiter und so fort, sie beschäftigen insgesamt rund 1.000 Menschen, die mit einem Milliardenaufwand um ihre sicheren Arbeitsplätze gebracht würden.«

Waltermann legte eine Kunstpause ein. »Wissen Sie eigentlich, dass Rheinbraun einer der größten Steinkohleproduzenten der Welt ist und mehr Steinkohle produziert als alle deutschen Bergwerke zusammen?«

»Nein«, bekannte Müllejans verblüfft, davon hatte er noch nie etwas gehört.

In Nordamerika habe das Unternehmen eine der größten Steinkohleminen der Welt im Besitz, klärte ihn Waltermann auf. »Mit modernster Technologie und optimalen Arbeitsbedingungen wird da zu konkurrenzlos günstigen Preisen Steinkohle gewonnen.« Waltermann nahm einen Schluck und sah Müllejans erneut fragend an. »Und wussten Sie, dass Rheinbraun die weltweit größte Schiffsflotte zum Transport von Steinkohle besitzt?«

Wieder verneinte Müllejans erstaunt.

»Sie können sich leicht vorstellen, dass es für Rheinbraun kein großes Problem darstellt, demnächst die deutschen Kohlekraftwerke mit Steinkohle zu versorgen.«

Müllejans erinnerte sich an eine Notiz, die er unlängst gelesen hatte und die er nicht richtig einzuordnen wusste. In der Zeitung hatte gestanden, dass das RWE für die Bayer-Werke in Dormagen ein neues Kraftwerk auf Erdgasbasis bauen wollte für rund 400 Millionen DM. Das bisherige Braunkohlekraftwerk sollte abgeschaltet werden.

»So ist es«, pflichtete ihm Waltermann bei. »Gas ist billiger, energiereicher und umweltfreundlicher. Gaskraftwerke kosten erheblich weniger als Braunkohlekraftwerke.«

Der so besonnen wirkende Mann begeisterte Müllejans. Er hätte ihm lange zuhören können, so ruhig und überzeugend redete der Vorsitzende der Bürgerinitiative gegen den Tagebau.

»Ökonomisch ist Garzweiler II der absolute Flop, ökologisch ohnehin, selbst wenn wir die CO_2-Problematik durch die Verbrennung der Braunkohle ausklammern.« Waltermann blickte auf seine Armbanduhr und hatte es plötzlich eilig. Er müsse seine Frau am Kino abholen, entschuldigte er seinen überstürzten Abschied.

»Na, was sagst du über den CDU-Heini?«

Müllejans sah Gerlinde lange an. »Der redet bei weitem nicht den Stuss, den deine Genossen in Düsseldorf über Garzweiler II verzapfen«, antwortete er schließlich. Er wusste einmal mehr nicht, woran er war. War etwa ein Arbeitsplatz bei Rheinbraun mehr wert als ein Arbeitsplatz bei einem Bäcker in Keyenberg? Hatte Waltermann Recht? Oder hatte Rheinbraun Recht?

›Ich weiß es nicht‹, bekannte Müllejans für sich. Konnte es überhaupt eine objektive Bewertung geben?

»Die gibt es garantiert nicht«, antwortete ihm Gerlinde, während sie zur nächsten Kneipe bummelten.

Aussichten

Den Vorschlag von Gerlinde, ihn am Nachmittag nach Aachen zu begleiten und mit ihm am Montagmorgen zur Arbeit zu fahren, nahm Müllejans gerne auf. Sie hatten lange im Bett gelegen, sich geliebt und immer wieder eng umschlungen geküsst. »Ich glaube, ich könnte mich an dich gewöhnen«, hatte Gerlinde geflüstert und sich an ihn gekuschelt.

Müllejans schwieg dazu und streichelte ihr über das Haar. Er wollte zuerst mit seiner Nochgattin ins Reine kommen, ehe er daran denken wollte, eine neue Beziehung einzugehen. Aber ihm wurde freudig bewusst, dass Gerlinde mehr war als nur eine vorübergehende Gelegenheitsbekanntschaft. »Eines nach dem anderen«, brummte er nach einer langen Pause. »Ich muss zuerst einmal meine Großtante Annegret verarbeiten.«

»Und deine Ehe«, fiel ihm Gerlinde verständnisvoll ins Wort. »Meinst du, das weiß ich nicht?« Sie lächelte ihn zärtlich an. »Ich möchte dir gerne dabei helfen.«

»Wobei?«

»Bei allem, was du willst, Hiero.«

Vor der Fahrt nach Aachen steuerte Gerlinde einen Aussichtspunkt an, von dem Müllejans in den Tagebau Garzweiler I blicken konnte. Er war verblüfft über die Größe des Loches, das sich vor seinen Füßen auftat, und er gestand sich ein, eine vollkommen andere Vorstellung von einem Braunkohletagebau gehabt zu haben. An die Größe einer Kiesgrube hatte er gedacht, vielleicht etwas größer; aber die Dimension, die er nun tatsächlich erstmalig optisch bewältigen musste, die war für ihn unvorstellbar gewesen. Die begrünten Wälle entlang der Straße und der Abstand täuschten den Außenstehenden über die Größe des Tagebaus hinweg. Bis zum Horizont erstreckte sich das Loch. Terrassenförmig wurde es von den Rändern her tiefer, deutlich erkannte Müllejans die unterschiedlichen Formationen, das abdeckende Erdreich, darunter den Kies, dann eine Schicht des braunen Goldes, wie die Braunkohle genannt wird. Auf der nächsten Terrasse kratzte ein Bagger, der aus der Entfernung wie ein Spielzeug aussah, eine Erdschicht beiseite, darunter fraß sich ein weiterer Bagger durch Braunkohle und gab sie weiter an einen anderen Koloss aus Metall, einen Absetzer, der die Braunkohle auf die Förderbänder auf der Sohle verteilte. Die Bänder verliefen sich am Horizont und endeten direkt in den Kraftwerken, wo die Kohle getrocknet und verfeuert wurde.

»Jede Baggerschaufel kann gut und gerne einen VW Golf aufnehmen«, erklärte Gerlinde. »Von der Schaufel direkt in den Ofen, die haben das super organisiert«, sagte sie durchaus anerkennend, um sofort eine Kritik hinterherzuschicken. Sie deutete auf die Pumpen, die überall entlang der Grube und auf den Terrassen und der Sohle summten. »Wenn ich daran denke, dass die hier mehr Wasser als Braunkohle rausholen, wird mir schlecht. Und wenn ich daran denke, wie viel Energie nutzlos in die Atmosphäre gepustet wird, kann ich nur noch kotzen.« Zwei Drittel der in der geförderten Braunkohle enthaltenen Energie würden verschenkt. »Wenn es gelingen würde, die Energie aus der Braunkohle besser zu nutzen, könnten wir mit einer viel geringeren Kohlemenge auskommen.«

Gerlinde wandte sich vom Aussichtspunkt ab und nahm Müllejans an die Hand. »Komm, ich will dir noch etwas zeigen.«

Sie fuhren auf Umwegen auf die Autobahn, wo Gerlinde auf dem Randstreifen anhielt. »Wenn du nach rechts siehst, kannst du hinter dem Wall die Spitze eines Baggers sehen und wenn du nach links siehst, erkennst du zwischen den Bäumen die Windmühle von Immerath. Ich kann mir keinen größeren Gegensatz zwischen verschiedenen Möglichkeiten der Energiegewinnung vorstellen.« Sie ließ ihre Augen blitzen. »Aber so lange unsere alte Windmühle steht, so lange gibt es auch keinen Tagebau Garzweiler II im Erkelenzer Land.«

»Wem gehört die Windmühle?«

»Der Stadt, denke ich«, antwortete Gerlinde, »und sie wird sie garantiert nicht kampflos abgeben.«

Müllejans musste unwillkürlich an den Kampf von Don Quijote gegen die Windmühlenflügel denken. Hier schien es ähnlich, nur kämpfte hier eine alte Windmühle gegen einen gewaltigen Bagger einen aussichtslosen Kampf.

Oder war er etwa nicht aussichtslos?

Vor wenigen Tagen hätte er bei einer Wette bedenkenlos noch Haus und Hof auf die Bagger gesetzt. Jetzt war er sich nicht mehr so sicher.

In Gedanken versunken saß er neben Gerlinde, die den Fiesta nach Aachen lenkte und auf Anhieb an der Aureliusstraße einen Parkplatz fand.

»Ich bin halt ein Glückskind«, sagte sie verschmitzt, als sie neben Müllejans herlief und seine Wohnung betrat. »Nicht schlecht«, kommentierte sie, als er ihr bei einem Rundgang die Räume zeigte. Am besten gefalle ihr das Schlafzimmer, scherzte sie und schlang ihre Arme um seinen Hals.

Er kam nicht dazu, ihren Kuss zu erwidern. Energisches Klingeln kündigte einen unerwarteten Besucher an.

Elisabeth stand im Treppenhaus und begehrte vehement Einlass. Müllejans war für einen Moment verstört, dann trat er beiseite und ließ seine Gattin in die Wohnung treten.

»Warum hast du das Türschloss auswechseln lassen? Hast du etwas vor mir zu verbergen? Ich finde dein Verhalten unmöglich.« Mit einem schrillen, lautstarken Redeschwall überfiel die Frau ihren Ehemann, der schweigend hinter ihr her ins Wohnzimmer trottete.

Elisabeth verharrte erschrocken in ihrer Bewegung, als sie Gerlinde erblickte, die freundlich lächelnd in einem Sessel saß. Herablassend musterte die Frau die fremde Besucherin, naserümpfend sah sie Müllejans an: »Mit wem gibt's du dich denn ab?«

Gerlinde blieb gelassen. Elisabeth Müllejans sah nicht schlecht aus, musste sie anerkennen. Die Frau war fast so groß wie Hieronymus, schlank und durchaus attraktiv. Geschmack hat Hiero, dachte sie sich, aber anscheinend hatte seine Gattin hinter ihrem Äußeren ihren wahren Charakter geschickt vor ihm verbergen können. ›Das ist eine falsche Schlange‹, behauptete sie für sich. Sie erhob sich und streckte ihr die Hand zur Begrüßung hin.

Doch Elisabeth sah darüber hinweg. »Ich muss unbedingt mit dir reden, Hieronymus. Jetzt sofort und unter vier Augen, auch wenn ich vermute, dass du anschließend dieser Frau alles ausplauderst.« Sie wandte sich ab und ging schnell ins Arbeitszimmer.

Müllejans verzog verlegen die Mundwinkel, als er Gerlinde entschuldigend anblickte, schlurfte hinter seiner Gattin her und schloss die Tür.

Der resolute Auftritt von Elisabeth ließ Gerlinde unberührt. Sie hatte am eigenen Leibe miterlebt, dass sie als Ehepartner nicht mehr gut genug war, aber ihr zugleich vom Gatten der Versuch missgönnt wurde, eine neue Beziehung aufzubauen. Da ging es Hiero nicht anders, als es ihr ergangen war.

Schon nach wenigen Minuten riss Elisabeth die Zimmertür auf und trat wütend in den Flur. »Mein Anwalt wird sich bei dir melden«, keifte sie. »Ich will meinen Anteil und ich werde ihn bekommen. Du kannst mich nicht reinlegen.« Grußlos stürmte sie aus der Wohnung und knallte die Tür hinter sich zu.

»Der Auftritt war bühnenreif«, bemerkte Gerlinde mit einem süffisanten Lächeln. »Ich glaube, die hatte dich verdammt gut im Griff.«

Müllejans wollte zuerst schweigen, dann nickte er. »Wir haben uns immer gut verstanden, wenn sie Recht behielt.«

»Und nun spielst du böser Schlingel auf einmal nicht mehr mit.« Gerlinde schlang wieder ihre Arme um seinen Hals. »Außerdem hängst du dich auch noch an so ein Flittchen wie mich. Hiero, was soll nur aus dir werden?«

»Dasselbe hat sie auch gesagt«, sagte Müllejans mit einem gequälten Grinsen. »Sie will Geld und wollte von mir auf der Stelle die Unterlagen über mein Erbe. Ich sei verpflichtet, sie ihr zu geben.«

»Wirst du es tun?«

»Ich habe ihr gesagt, die Unterlagen seien nicht mehr in der Wohnung. Mit einem richterlichen Beschluss würde ich sie vielleicht rausrücken.« Er drückte Gerlinde fest an sich und gab ihr einen Kuss. »Dann habe ich ihr gesagt, sie solle mir einen Termin nennen, an dem sie ihre persönlichen Sachen abholen möchte. Ich könnte nicht immer auf sie warten.« Daraufhin sei sie, wie Gerlinde mitbekommen habe, wutentbrannt gegangen.

»Habe ich etwa etwas falsch gemacht?«, fragte er mit Unschuldsmiene.

»Nein, mein großer Held«, antwortete Gerlinde spöttisch, »aber du machst etwas falsch, wenn du dich nicht sofort mit mir ins Bett legst. Ich muss noch ein paar Kalorien verbrauchen, bevor du mich heute Abend zum Essen ausführst.«

Das Telefon holte die beiden aus ihren Spielen. Erst unwillig, dann aber durchaus zufrieden führte Müllejans ein Gespräch.

»Das war Grundler«, berichtete er Gerlinde, als er sich wieder unter der Decke an sie schmiegte. »Er will sich heute um acht mit uns im Frascati treffen.«

»Ich liebe Italienisch«, kommentierte die Frau, »aber es gibt Dinge, die liebe ich noch mehr.« Schnell küsste sie Müllejans und glitt mit den Händen über seinen Körper.

»Es wird Zeit«, mahnte Müllejans später nach einem Blick auf die Uhr. Nach der gemeinsamen Dusche fühlten sie sich wohl und machten sich zu Fuß auf den Weg zur Ecke Königstraße und Templergraben.

Erwartungsvoll schaute Müllejans durch das Lokal und steuerte zielstrebig einen Tisch an, an dem ein Paar saß.

Mit einem fast schon unverschämten Grinsen und einem gewinnenden Strahlen der blauen Augen begrüßte der Mann Gerlinde. »Wie können Sie nur mit dem ewigen Verlierer Müllejans durch die Gegend laufen?«, fragte er sie und steckte kommentarlos den Stoß in die Rippen weg, den ihm seine Begleiterin versetzt hatte.

»Du bist unmöglich, Tobias«, zischte sie und umarmte Müllejans. »Verrätst du mir, wer deine charmante Partnerin ist, Hiero?« Sie wandte sich lächelnd Gerlinde zu und reichte ihr die Hand. »Ich bin Sabine.« Sie strich ihr langes, blondes Haar aus dem Gesicht. »Grundler ist ein unverschämter Mensch, den kann ich nicht allein auf die Menschheit loslassen.«

»Grundler ist nicht nur unverschämt, Grundler ist auch mein Feind.« Müllejans übernahm die Vorstellung. »Denn er versucht mich wegen meiner Scheidung in den finanziellen Ruin zu treiben. Zugleich ist er mein Freund, der uns helfen wird.«

»Wenn er kann«, meldete sich Grundler einschränkend zu Wort.

Sein heller Blick war einfach faszinierend, fand Gerlinde, die ihn aufmerksam musterte. Sie spürte, dass der Mann, der sich lässig, leger und flapsig gab, es faustdick hinter den Ohren haben musste. »Können Sie denn?«, fragte sie herausfordernd und versuchte, seinem Blick standzuhalten.

Auch Grundler sah ihr unentwegt in die Augen. »Ich werde es versuchen, meine Liebste, für meine Freunde tue ich beinahe alles.«

Abrupt wandte er sich Müllejans zu. »Was ist in deine Frau gefahren? Die hat mich heute Nachmittag aus dem Bett gerissen, gerade, als es am schönsten war.«

Mit wenigen Sätzen schilderte Müllejans den Auftritt von Elisabeth.

Grundler hatte konzentriert zugehört. Schließlich kratzte er nachdenklich über sein kurz geschnittenes, blondes Haar. »Das ist eine vertrackte Angelegenheit. Ich muss für meine Mandantin herausfinden, ob sich der Zugewinnausgleich lohnt und das kann ich nur dadurch, dass ich der Gegenpartei helfe, den Zugewinn zu ermitteln. Ich jedenfalls würde mich nicht ohne weiteres mit einem Sparbuch abspeisen lassen, Hiero.« Er nippte an seinem Mineralwasser. »Oder?«, fragte er, um sich im selben Moment in die Speisekarte zu vertiefen.

Müllejans schüttelte unsicher den Kopf. »Ich weiß nicht weiter.«

»Ich momentan auch nicht«, bekannte Grundler, ohne aufzublicken, »nachdem ich Schmitz zu Tode erschreckt habe.« Er wurde ernst. »Wir müssen herausbekommen, warum der Typ gestorben ist. Dann will ich auch noch alle Informationen über Suhrbach haben.«

Er legte die Karte beiseite und sah Gerlinde mit einem strengen Blick an. »Sie sitzen in Erkelenz an der Quelle. Ich will alles über Suhrbach wissen.«

Gerlinde schluckte. Der Mann wurde ihr unheimlich; zuerst frech charmant, schon betörend, jetzt beinahe eiskalt und starr auf ein Ziel fixiert. »Mal sehen, was ich machen kann«, sagte sie verlegen.

Grundler wollte etwas erwidern, schluckte seine Bemerkung aber herunter, als ihm Sabine die Hand auf den Arm legte. »Und was mache ich, mein Schatz?«, fragte sie und Grundler betrachte sie vergnügt.

»Du erkundigst dich nach der Möglichkeit, wie wir am schnellsten nach Erkelenz kommen. Vielleicht muss ich meine nette Freundin bald einmal besuchen.« Er prostete Gerlinde schelmisch zu, die prompt leicht errötete.

»Bleibt für mich auch etwas zu tun?«, ließ sich Müllejans vorsichtig vernehmen.

»Aber gewiss doch. Du bezahlst hier und heute und demnächst meine Auslagen.« Grundler grinste wieder frech. »Hiero, mein Guter, du bist doch nicht der Dümmste auf dieser Welt. Überlege einmal, was du tun kannst, um deinen Reichtum zu mehren!«

»Ich muss die Grundstücke von Tante Annegret zurückbekommen oder wenigstens versuchen, die 500.000 DM zu finden.«

»Ich bin stolz auf dich«, lobte Grundler ihn ironisch. »Was wirst du also tun?«

Müllejans hob ahnungslos die Schultern. »Ich stochere im Nebel und sehe nichts.«

»Dann eben nicht«, bemerkte Grundler, »dann werde ich mich darum kümmern.«

»Und wie?«

»Das verrate ich dir nicht. Sonst machst du mir die Sache noch kaputt, du ewiger Verlierer.«

Ansatzlos wechselte Grundler das Thema, während der Kellner die Speisen auftrug. Er sprach über ein Konzert im Eurogress vor knapp zwei Wochen. Es sei das letzte Gegurke gewesen, das überflüssigerweise und vollkommen unverständlich von den Zeitungen hochgejubelt worden war. »Mahler und Grieg würden sich im Grabe umdrehen, wenn sie hätten anhören müssen, was der Dirigent aus ihren Werken gemacht hatte.«

Müllejans zuckte zusammen, als Grundler dessen Namen nannte, und auch Gerlinde musste sich schütteln, als Grundler sie fragte: »Was meinst du dazu, du warst doch auch da?«

»Der Kerl bekommt alles mit«, meinte Müllejans, als Gerlinde ihn später auf Grundlers Frage ansprach. »Wenn der will, macht er alles möglich. Es ist gut, ihn zum Freund zu haben.« Ob sie sich an das Attentat bei der Karlspreisverleihung erinnern könne, fragte er sie. »Da hat er zur Aufklärung des Verbrechens wesentlich beigetragen, so sagt man jedenfalls. Er selbst redet nicht viel darüber.«

Müllejans blickte zur Uhr und seufzte. »Lindchen, die Nacht ist nur kurz. Wie gut, dass der Büroschlaf der beste ist.« Er nahm sie in den Arm und küsste sie.

Wieder störte sie jemand durch seinen Telefonanruf. Gegen Gerlindes Willen stand Müllejans auf und nahm im Flur das Gespräch entgegen. »Das war Grundler«, erklärte er bei der Rückkehr ins Schlafzimmer, »er hat mir einige Tipps gegeben.«

»Und?«

»Und er hat uns eine ruhige Nacht gewünscht. Dein Dirigent sei übrigens ein ausgesprochenes Ekelpaket. Der sei nichts für dich.«

»Hat Tobias Grundler gesagt?«

»Hat Tobias Grundler gesagt. Er ist mein Freund und er will nur das Beste für uns, meine Liebe.«

Stille Gesellschafter

Müllejans' Sekretärin monierte sein verspätetes Erscheinen im Büro mit einem ärgerlichen Kopfschütteln. Die Erklärung, er habe noch beim Kollegen Michels vorbeischauen müssen, quittierte sie mit Unverständnis, als sie Kaffee und Tageszeitungen vorlegte. Müllejans gestand sich ein, dass sein Besuch bei Michels nur vorgeschoben war. Er hatte schlichtweg verschlafen. Gerlinde hatte ihn mit nach Erkelenz genommen, dort war er in einen überfüllten Zug gesprungen, der ihn zu spät nach Düsseldorf brachte.

Die Tasse Kaffee, die ihm der Kollege angeboten hatte, nahm er gerne an; sie gab dem morgendlichen Treffen wenigstens einen halbwegs offiziellen Charakter.

»Was weißt du über die ökologisch-wasserwirtschaftliche Schutzlinie?«, hatte Müllejans gefragt und bei Michels zunächst nur ein Stirnrunzeln verursacht. Erst langsam dämmerte es dem Kollegen.

»Du meinst den vermeintlichen oder tatsächlichen Deal zwischen Land und Rheinbraun bei der Verkleinerung des Tagebaus?«

Müllejans bestätigte.

»Da gibt es nicht viel zu wissen. Ich weiß nur, dass es entsprechende Gutachten im Wirtschaftsministerium geben soll, die diese Schutzlinie definieren«, antwortete Michels auf seine eigene Frage. »Aber wir kommen nicht daran. Es soll aber alles hochwissenschaftlich sein, behaupten die Freunde aus dem Wimi.«

»Wer hatte denn vor der Bekanntgabe dieser Linie Kenntnis von dem angeblichen oder tatsächlichen Deal, wie du sagtest?«

»Das Ministerium, die Landesregierung und vermutlich Rheinbraun«, sagte Michels. »Rheinbraun behauptet zwar, durch die Verkleinerung überrascht worden zu sein, aber das glaubt niemand im Umweltministerium. Es gab immer Absprachen zwischen dem Land und dem Unternehmen, die letzte vor der Aufstellung des Braunkohleplans Garzweiler II im Dezember 1994 durch den Braunkohleausschuss. Vor der Abstimmung haben sich Rheinbraun und RWE verpflichtet, mit einem Investitionsprogramm in Milliardenhöhe den Kraftwerkspark zu modernisieren.«

Das Stichwort Kobra ließ Müllejans aufhorchen.

»Und was ist daraus geworden?« Michels lachte gequält. »Aus Kobra wurde Boa plus, und die Konzerne reduzieren ihre Investitionszusage von Jahr zu Jahr.«

Das war nicht sein Thema, befand Müllejans. »Die Entscheidung über die ökologisch-wasserwirtschaftliche Schutzlinie ist aber vor der Öffentlichkeit bis zur Bekanntgabe verschwiegen geblieben?«

»So ist es«, bestätigte Michels. »Wir haben sämtliche Zeitungsartikel und Nachrichtensendungen der damaligen Zeit durchforstet, nirgends fanden wir einen Hinweis. Die Geheimhaltung war schon eine Meisterleistung.«

Mit der Zusage, er werde ihn mit Material über die Schutzlinie zukippen, schob Michels Müllejans schließlich ab.

Müllejans hatte kaum an seinem Schreibtisch Platz genommen, als ihm die Sekretärin ein Gespräch durchstellte. Eine aufgeregte Frau Brause müsste ihn dringend sprechen.

»Lindchen, was ist?«, fragte er besorgt.

»Was soll schon sein?«, fragte Gerlinde mit hörbar gespielter Gelassenheit zurück. »Man hat mir heute Nacht die Wohnung auf den Kopf gestellt.«

»Einbrecher? Hast du schon die Polizei alarmiert? Fehlt etwas?« Müllejans spürte die Unruhe in sich aufsteigen. »Kann ich dir helfen?«

»Komm heute Abend zu mir, bitte. Ich möchte nicht alleine bleiben«, sagte Gerlinde und Müllejans stimmte spontan zu.

»Erzähl!«, forderte er sie auf.

Sie sei nichts ahnend zu Hause angekommen und hätte sich gewundert, dass das Gartentor offen stand, berichtete sie. Dann habe sie festgestellt, dass das Schloss der Haustüre aufgebrochen war. »Auf den ersten Blick konnte ich kaum erkennen, dass überhaupt jemand in der Wohnung gewesen war. Aber dann habe ich doch gesehen, dass meine

135

Schränke und Schubladen durchsucht worden sind.« Gerlinde atmete tief durch. »Es fehlt offensichtlich nichts. Mein Schmuck und mein Geld liegen noch an der Stelle, wohin ich sie gelegt hatte. Die Einbrecher haben wahrscheinlich etwas ganz Bestimmtes gesucht?«

»Was?«

»Wenn ich das wüsste. Da ich nichts vermisse, gehe ich davon aus, dass sie das Gesuchte nicht bei mir gefunden haben.« Sie machte eine kurze Pause. »Hiero, kommst du wirklich? Ich habe Angst.«

Er versprach es und bat sie, ihn nach fünf am Bahnhof abzuholen.

Müllejans überlegte nicht lange, er rief Grundler an und schilderte ihm den Einbruch bei Gerlinde. Wenn einer aus dem mysteriösen Einbruch die richtigen Schlüsse ziehen konnte, dann war es nach seiner Überzeugung der Anwalt.

Nach dem Telefonat fühlte sich Müllejans erleichtert, aber zugleich auch verunsichert. Sollte er tatsächlich derjenige sein, den die Unbekannten im Visier hatten, wie Grundler vermutete? Hatten die Einbrecher geglaubt, sie könnten bei Gerlinde etwas finden, das ihm gehörte? Müllejans öffnete die verschließbare Schublade seines Schreibtisches und langte zu der Mappe, in der er alle Aktenstücke gesammelt hatte, die mit seiner Erbschaft und seiner Scheidung zusammenhingen. Es fehlte nichts, der Erbschein, die kopierten Auszüge aus dem Erkelenzer Grundbuch und die Kaufverträge seiner Großtante mit Schmitz beziehungsweise zwischen

Schmitz und der Immobiliengesellschaft aus Düsseldorf, die Schreiben von Grundler an ihn und an Suhrbach, es war alles vollständig vorhanden.

Der zweite Grundstücksverkauf zwischen den Immobiliengesellschaften war in Ordnung, räumte Müllejans emotionslos ein. Die Firma aus der Landeshauptstadt hatte einen guten Ruf und war bislang in keine obskuren Geschäfte verwickelt gewesen. Den großen Reibach hatte Schmitz gemacht; es sei denn … Müllejans schüttelte ungläubig den Kopf bei seinen eigenen Gedanken, es sei denn, Schmitz war selbst nur ein Strohmann für andere, im wahrsten Sinne des Wortes ein Makler, der für andere tätig wurde.

Erneut griff Müllejans zum Telefon, um Grundler über seine Idee zu informieren.

»Mein Freund, deine Überlegung ist gut, aber leider für uns wenig Erfolg versprechend«, meinte Grundler. Schmitz habe die Gesellschaft sofort nach dem Verkauf der Grundstücke an einen Kollegen veräußert, sei dort gemeinsam mit zwei stillen Gesellschaftern ausgestiegen und habe ein neues Unternehmen unter seinem Namen gegründet, berichtete er. »Die zwei Millionen hat er mitgenommen und wahrscheinlich zumindest teilweise an die Stillen weitergegeben.«

»Wer sind die stillen Gesellschafter?«

»Das könnte uns Schmitz sagen, aber der ist bedauerlicherweise tot. Ich hätte es gerne von ihm gehört«, antwortete Grundler.

»Was bedeutet das?«

»Das bedeutet für dich konkret, dass deine Chancen auf die Rückgabe der Grundstücke weiter gesunken sind. Das bedeutet weiterhin, dass zwei Unbekannte das große Geschäft gemacht haben, und das bedeutet außerdem, dass du wahrscheinlich einigen sehr auf die Füße getreten bist, die das gar nicht mögen, mein lieber Hiero. Bei zwei Millionen hört der Spaß auf. Dafür geht manch einer über Leichen.«

»Über die von Schmitz?«

»Vielleicht.«

»Oder die von Baumhäuser?« Müllejans wollte seiner eigenen Frage nicht glauben.

Wieder antwortete Grundler: »Vielleicht.« Er möge gut auf sich aufpassen und auf seinen charmanten Wirbelwind, gab Grundler seinem Freund mit auf den Weg. »Deine Gattin speit Gift und Galle, wenn sie an deine neue Flamme denkt.«

Ob sie die Polizei benachrichtigt hätte, wollte Müllejans noch einmal wissen, als Gerlinde ihn am Bahnhof abgeholt hatte und mit ihm nach Tenholt fuhr.

Das würde nichts bringen, hatte sie erwidert. »Unsere Kartoffelsheriffs fangen allenfalls Hühnerdiebe. Außerdem suchen die immer noch den Traktorfahrer, der Lambert Jansen auf dem Gewissen hat. Damit sind die für die nächsten Monaten vollständig ausgelastet.« Sie hätte ohnehin Wichtigeres zu erledigen gehabt, sagte Gerlinde. »Zum Beispiel ein neues Türschloss.«

Vorsichtig führte sie den Schlüssel in das Schloss ein und atmete auf, als sich die Tür öffnete. »Sieht stabil aus«, freute sie sich und fiel Müllejans um den Hals. »Schön, dass du bei mir bist.« Sanft löste sie sich aus seiner Umarmung. »Einen Liebesbrief haben mir die Einbrecher allerdings hinterlassen.« Gerlinde holte aus dem Küchenschrank ein Stück Papier. »Hier. Das lag im Wohnzimmer.«

»Dein Leben wird von Tag zu Tag gefährlicher. Trenne dich sofort von Müllejans oder du wirst es bereuen«, las Müllejans laut vor. Er sah Gerlinde verstört an. »Warum hast du mir nichts davon heute Morgen am Telefon gesagt?«

»Weil ich dich nicht beunruhigen wollte. Du hättest doch garantiert den Tag über darüber nachgedacht und wärest dann zu der Erkenntnis gekommen, dass das ein Racheakt deiner Frau sein könnte. Kann aber nicht, weil sie mich nicht mit dem Namen kennt. O-der?«

Müllejans blieb eine Antwort schuldig. Das hätte noch gefehlt, dass Elisabeth jetzt Terror machte. Zuzutrauen wäre es ihr allerdings.

»Ich mache mir deswegen keinen Kopf«, gab sich Gerlinde zuversichtlich. »Einmal muss die feige Ratte aus ihrem Loch kommen und sich mir stellen. Dann reiße ich ihr den Kopf ab!«

Müllejans konnte ihre Zuversicht nicht teilen, harmlos waren die unbekannten Gesellen gewiss nicht. Deutlich erinnerte er sich an die erschlagene Katze.

Gerlinde blieb unbekümmert. »Ich habe dir etwas mitgebracht, Hiero«, sagte sie vergnügt und wedelte mit einigen Blättern, die sie aus ihrer Jackentasche gezogen hatte. »Das ist außerordentlich interessant.« Sie hielt ihm die Blätter lockend entgegen und zog sie schnell zurück, als er danach greifen wollte. »Dafür will ich erst eine Belohnung.« Sie packte Müllejans an der Hand und wollte ihn ins Schlafzimmer lenken. »Zuerst will ich dich, mein Held.«

Aber er widersetzte sich, er sei nicht in der richtigen Stimmung, sagte er.

Die Blätter waren tatsächlich aufschlussreich. Müllejans überflog sie zweimal, weil er zunächst seinen Augen nicht trauen wollte. Aber die Fakten lagen schwarz auf weiß vor ihm, die Auszüge aus dem Grundbuch und die Kopien aus dem Vormundschaftsgericht waren eindeutig: Suhrbach hatte im Laufe der letzten beiden Jahrzehnte vier hochwertige Wohnhäuser gekauft, gleichzeitig hatte er stets neue Vormundschaften übernommen, nachdem ein Mündel verstorben war.

Großtante Annegret war wohl kein Einzelfall gewesen. Suhrbach hatte stets allein lebende Senioren betreut, die offenbar keinen in der Nähe wohnenden bekannten Angehörigen hatten.

»Die hat er bestimmt alle bis aufs Totenhemd ausgezogen«, vermutete Müllejans grimmig. Man müsste einmal prüfen, ob die anderen Mündel ebenfalls vermögend gewesen waren und ob Verwandte ausfindig zu machen waren. »Das muss doch möglich sein«, sagte er Gerlinde, die sich an ihn geschmiegt hatte. Er strich ihr nachdenklich über das kurze Haar und las zugleich in den Blättern. »Das müsste möglich sein«, bestätigte Gerlinde. »Ich habe meine Freunde im Rathaus und im Gericht schon angespitzt. Sie forschen nach und wollen mir Bescheid geben.« Sie strahlte Müllejans mit ihren klaren Augen an. »Na, bin ich nicht gut?«

»Lindchen, du bist die Beste.« Er zog die Frau an sich und drückte sie fest gegen seinen Körper. »Ich kann das gar nicht honorieren.«

»Aber du kannst es wenigstens versuchen«, flüsterte sie und begann, ihn zu liebkosen.

»Weißt du eigentlich, wer die von Suhrbach gekauften Häuser gemakelt hat?«, fragte Gerlinde unvermittelt.

»Nein«, bekannte Müllejans, obwohl in ihm ein Verdacht wuchs. »Dazu müsste ich noch einmal in die Grundbücher sehen können.«

»Brauchst du nicht, mein Schatz. Das habe ich längst erledigt«, triumphierte Gerlinde. »Die Immobiliengesellschaft unseres toten Freundes Schmitz hat die Hauskäufe vermittelt. Schöner Zufall, was?«

Müllejans war für einen Moment zornig, weil ihm Gerlinde diese Informationen so lange vorenthalten hatte, und zugleich verwirrt, ehe er sie verdaut hatte. Viele Gedanken schossen ihm durch den Kopf. Hatten die beiden etwa gekungelt? Hatten

Schmitz und Suhrbach ein abgekartetes Spiel betrieben? Vielleicht war das ihre Masche gewesen: Schmitz kaufte den Senioren die Häuser ab, Suhrbach zog den Alten das Geld aus der Tasche und investierte es in Häuser, die er von Schmitz erwarb. Damit machten beide ein gutes Geschäft.

»Und das beste Geschäft hat ihnen die Verkleinerung des Tagebaus Garzweiler II gebracht«, knüpfte Gerlinde den Gedanken weiter. »Ich vermute nämlich, dass Suhrbach einer der beiden stillen Gesellschafter hinter Schmitz ist. Die haben sich den Kaufpreis und den Verkaufserlös geteilt.«

So könnte es sein, bestätigte Müllejans. Am einfachsten wäre es, Suhrbach mit dieser Behauptung zu konfrontieren. Aber er würde ihnen wahrscheinlich keine Antwort geben.

Auf das Drängen von Gerlinde rief Müllejans am späten Abend noch bei Grundler an und schilderte ihm den Sachverhalt. Sie stand neben ihm im Hausflur und hatte ihr Ohr mit an die Hörmuschel gepresst.

Die Vermutungen und ihre Schlussfolgerungen wollte der Jurist nicht teilen, er hielt sich zunächst an die Tatsachen. »Tatsache ist, dass deine Freundin bedroht wurde und die Unbekannten in ihrer Wohnung etwas gesucht haben«, fasste Grundler zusammen. »Tatsache ist weiter, dass Suhrbach über Jahre hinweg Mündel betreut hat und über Schmitz vier Häuser erworben hat. Richtig?«

Als Müllejans bestätigte, fuhr Grundler fort: »Tatsache ist auch, dass Schmitz das Haus deiner Großtante gekauft und an eine andere Immobiliengesellschaft weiterveräußert hat. Oder?«

Wieder stimmte ihm Müllejans zu, er ergriff die Gesprächsführung: »Tatsache ist aber auch, dass Schmitz vor der Verabredung mit dir gestorben ist, dass er zwei stille Gesellschafter hatte und dass meine Großtante nur noch 15.675 DM und 72 Pfennige bei ihrem Ableben besaß.«

Grundler widersprach nicht, als er dazwischen ging. »Das stimmt zwar. Aber können wir die Tatsachen nahtlos miteinander kombinieren oder können wir nur Vermutungen anstellen?« Er atmete durch. »Und hier liegt der Hund begraben. Wir haben keine handfesten Beweise für irgendwelche obskuren Machenschaften von Schmitz oder Suhrbach. Wir können leider nur vermuten.« Er legte eine weitere Atempause ein. »Aber unsere Vermutungen könnten reichen, um einen Anfangsverdacht anzudeuten.«

Grundler schlug vor, Suhrbach einen erneuten Brief zu schreiben, mit dem er aufgefordert wurde, eine halbe Million Mark als Hinterlassenschaft von Annegret Jansen an den Alleinerben herauszurücken. »Zugleich werde ich andeuten, dass ich mich für seine Tätigkeit als Vormund interessieren würde und bitte ihn dabei um eine Liste seiner Mündel. Dann wird er reagieren.«

»Und wenn nicht?«

»Dann hänge ich ihm ein Betrugsverfahren an den Hals oder eine andere Straftat«, antwortete Grundler gelassen. »Auch das werde ich ihm schreiben.«

»Was sollen wir denn jetzt tun?«, fragte Müllejans nach einer Denkpause.

Grundler lachte. »Jetzt werdet ihr schön schlafen. Morgen kann deine Bettgefährtin ihren Spuren nachgehen und du hast auch noch etwas zu erledigen. Hast du es schon wieder vergessen?«

Müllejans verneinte. Morgen werde er sich darum kümmern, versicherte er schnell. Nach einem kurzen Abschiedsgruß legte er auf.

»Und was sollen wir tun?« Gerlinde sah Müllejans fragend an. »Was hat dein Feind-Freund vorgeschlagen?«

»Wir sollen jetzt schlafen«, antwortete Müllejans müde. Er legte den Arm um Gerlinde und führte sie ins Schlafzimmer zurück.

Interessenten

Die Sekretärin staunte nicht schlecht, als Müllejans sie am Morgen in seinem Büro aufforderte, ihn mit der Düsseldorfer Immobiliengesellschaft zu verbinden, die die ehemaligen Grundstücke seiner Großtante von Schmitz erworben hatte. Mehrmals wurde Müllejans weiter vermittelt, ehe er endlich mit einem eingeweihten Mitarbeiter sprechen konnte.

Er kenne das Objekt in Oberwestrich, bestätigte der Mann, es stehe zum Verkauf. Falls Müllejans es wünsche, würde er ihm im Laufe des Tages ein Exposé zukommen lassen. »Wir hätten es beinahe vor ein paar Wochen verkauft«, sagte er, »aber bedauerlicherweise ist der Interessent bei einem Verkehrsunfall ums Leben gekommen.«

»Hieß der Interessent etwa Baumhäuser?« Atemlos stellte Müllejans die Frage, auf die der Immobilienverkäufer mit dem Hinweis auf Kundenschutz nicht antworten wollte.

»Der Interessent ist tot, wie Sie selbst gesagt haben. Baumhäuser hat bei uns im Ministerium noch davon erzählt, dass er in Erkelenz einen ehemaligen Bauernhof kaufen wollte«, log Müllejans. »Ihr Kunde kann doch nur der verstorbene Politiker sein.«

Er wolle nicht widersprechen, bestätigte der Makler indirekt, so sei es gewesen. Er drängte auf Eile und bat Müllejans, ihn anzurufen, sobald er das Exposé vorliegen habe.

›Nicht schlecht für den Anfang‹, freute sich Müllejans. ›Grundlers Tipp war ein Volltreffer ins Schwarze gewesen.‹ Warum aber hatte Baumhäuser den Hof kaufen wollen?

Es konnte nur zwei mögliche Antworten geben, so überlegte Müllejans. Entweder wollte Baumhäuser als Eigentümer eines bebauten Grundstücks aktiv Widerstand gegen den Aufschluss von Garzweiler II leisten oder aber Baumhäuser hatte gewusst, dass

145

der Tagebau nicht kommt. Dann hätte er garantiert den fetten Rahm abgeschöpft.

Müllejans war schon auf dem Weg aus dem Zimmer in die Kantine zum Mittagessen, als ihn das Telefon zurück an den Schreibtisch holte.

Gerlinde war in der Leitung und wollte ihn über ihre neuen Ermittlungen informieren. »Es gibt einfach keine Verwandten der Mündel von Suhrbach«, sagte sie mit hörbarer Enttäuschung. »Der Kerl hat das geschickt angestellt und nur in den Fällen eine Vormundschaft übernommen, wenn er sich einigermaßen sicher sein konnte, dass ihm keine Verwandten in die Quere kommen konnten. Das hat ja immer geklappt, bis zum letzten Mal. Wer konnte auch vermuten, dass die kinderlose, seit Jahren verwitwete Annegret Jansen aus Oberwestrich ausgerechnet noch einen Großneffen aus Aachen hat?« Sie machte eine kurze Atempause. »Hiero, der Mistkerl hat sich systematisch auf Kosten alter, hilfsbedürftiger Menschen bereichert.«

»Keiner hat's bemerkt?« Müllejans wollte es nicht glauben. »Die Stadtverwaltung und das Vormundschaftsgericht werden Suhrbach doch wohl kontrolliert haben oder etwa nicht?«

»Ja, schon«, räumte Gerlinde ein, »aber wahrscheinlich sehr oberflächlich.« Sie erinnerte Müllejans daran, dass Suhrbach selbst einmal in der Erkelenzer Verwaltung gearbeitet hatte, bevor er nach Niederkrüchten wechselte. »Suhrbach war

146

eine anerkannte Persönlichkeit, eine Respektsperson, die immer mit dem Ruf des Seriösen und Unfehlbaren behaftet war. Allein der Gedanke, dass dieser gute Mensch ein verlogenes, hintertriebenes Spiel betrieben haben könnte, wäre eine unverschämte Beleidigung gewesen.« Gerlinde lachte gequält auf. »Hiero, du kennst die Menschen hier nicht. Suhrbach war ein Mann ohne Fehl und Tadel, so jedenfalls wollten es alle glauben und so werden es die Menschen hier weiter vertrauensvoll glauben. Da kann passieren, was will. Suhrbach ist ein guter Mensch. Er hat es geschickt verstanden, dieses Image von sich aufzubauen, und die Menschen glauben an dieses Image.«

Müllejans bemerkte die Verärgerung in Gerlindes Stimme. Sie hatte zweifelsohne ein völlig anderes Bild von Suhrbach.

»Das will und wird mir aber niemand glauben, Hiero. Suhrbach seift sie alle ein mit seiner Beredsamkeit, seiner Persönlichkeit, seiner Bekanntschaft. Ich hingegen bin nur eine geschiedene, kleine Angestellte bei der Stadtverwaltung.«

Sie bat Müllejans am Apparat zu bleiben, sie würde auf der zweiten, hausinternen Leitung angeläutet.

Müllejans musste minutenlang warten, bis sich Gerlinde wieder aufschaltete.

»Sitzt du gut?«, fragte sie aufgeregt.

»Was ist?«

»Das Neueste von unserem Freund Suhrbach. Er hat eben im Amtsgericht seine Grundstücke auf Frau

147

und Kinder umschreiben lassen. Meine Freundin sitzt im Grundbuchamt und hat das mitbekommen. Sie arbeitet dort«, fügte sie überflüssigerweise hinzu. »Hiero, was bedeutet das?«

»Gute Frage«, antwortete Müllejans nachdenklich, »auf die ich aus dem Stegreif keine Antwort weiß. Ich muss mit Grundler darüber reden.«

»Heute Abend bei mir?«

»Heute Abend bei dir, Lindchen. Ich freue mich schon darauf.«

Neugierig blätterte Müllejans in dem Exposé, das nach seiner Rückkehr aus der Mittagspause auf seinem Schreibtisch lag. Nach der Beschreibung des Hauses und den Bildern, die beigefügt waren, musste es sich um ein traumhaftes Objekt handeln, keinesfalls um ein verwahrlostes, seit Jahren nicht mehr bewohntes oder gewartetes Gebäude. Auch auf einen möglichen Abbruch wegen des in einigen Jahren anstehenden Tagebaus Garzweiler II ging die wohlklingende Beschreibung mit keiner Silbe ein. Allenfalls den durchaus günstigen Kaufpreis wertete Müllejans als ein Indiz für eine ungewisse Zukunft. Man dürfe den eventuellen Tagebau nicht als konkrete Bedrohung betrachten, versuchte der Makler ihn im Telefonat zu beruhigen. Der für Objekte dieser Art vergleichsweise geringe Preis resultiere größtenteils aus dem Renovierungsstau, der sich angesammelt habe. »Davon profitieren Sie allemal, Herr Müllejans«, wollte er überzeugend darlegen,

»falls tatsächlich der Tagebau kommen sollte, können Sie bei einer Umsiedlung hohe finanzielle Forderungen stellen. Sie machen quasi zweimal Gewinn, einmal heute wegen des geringen Kaufpreises und später, falls Sie umziehen müssten, wegen Ihrer hohen Entschädigung.« Was er denn glaube, warum so viele Menschen jetzt noch in der Tagebauregion ihre Häuser bauten, fragte er. »Die können jetzt in ihren jungen Jahren preiswert und modern wohnen mitsamt allen steuerlichen Abschreibungsmöglichkeiten und suchen sich mit Beginn des Rentenalters einen Ruhesitz auf dieser schönen Welt und kassieren bei Rheinbraun noch einmal kräftig ab.«

Müllejans ließ die Behauptung im Raume stehen. Mit dem Thema Umsiedlung würde er sich später beschäftigen. »Haben Sie denn in der Umgebung des Hofes auch Ackerflächen im Angebot?«

»Nein«, erwiderte der Hausverkäufer schnell, »haben wir nicht.«

Auf Müllejans' Frage, er habe gehört, dass mit dem Haus auch Ackerflächen von der Eigentümerin verkauft worden waren, räumte der Makler unumwunden ein, diese Flächen seien unverkäuflich. »Das ist das reine Gold für uns.«

»Wieso?«

»Weil auf diesen Flächen die Zukunft von Erkelenz liegt«, erklärte er dem verblüfften Müllejans. »Falls Garzweiler II kommt, wird auf großen Teilen dieser Flächen der Umsiedlungsstandort festgelegt. Dann wird aus dem Ackerland wertvolles Bauland.« Er lachte kurz auf. »Falls der Tagebau nicht kommt,

149

wird Erkelenz zur schnell wachsenden Stadt. Die zentrale Lage im Großraum Düsseldorf, Aachen und Köln mit den ausgezeichneten Verkehrsverbindungen macht die Stadt quasi zum expandierenden Standort für Gewerbeansiedlungen und zum optimalen Wohnort. Ohne Tagebau hat Erkelenz eine phantastische Zukunft und dafür wird das Ackerland ebenfalls als Bauflächen gebraucht.«

Müllejans schüttelte sich. Offensichtlich konnte man profitieren mit dem Tagebau, aber ebenso ohne. Man musste nur das richtige Näschen haben.

»Wie schätzen Sie denn die wirtschaftliche Zukunft von Erkelenz ein, falls der Tagebau kommt?«, fragte er interessiert.

»Nicht so gut«, bekannte der Makler. »Die jetzt noch zögerlichen Investoren werden sich dann endgültig woandershin orientieren. Bereits jetzt zaudern viele Unternehmen mit einer Ansiedlung, weil sie wegen der Ungewissheit nichts riskieren wollen. Wenn der Tagebau kommt, wird Erkelenz in erster Linie Schlafstadt für Düsseldorf und Mönchengladbach werden.«

Für Erkelenz sei es demnach wirtschaftlich günstiger, wenn der Tagebau nicht kommt, folgerte Müllejans und der Makler bestätigte ihn.

Er müsse bedenken, dass der Bergbautreibende seinen Firmensitz in Köln habe und gar nicht daran denke, den Schwerpunkt seines Geschäftsbetriebes nach Erkelenz zu verlagern. »Steuerlich bringt Garzweiler II der Stadt Erkelenz fast überhaupt nichts.«

Woher er seine Erkenntnisse habe, wollte Müllejans wissen.

Der Hausverkäufer schmunzelte. »Ich habe Wirtschaftswissenschaften studiert und Verwandte in der Kante. Daher interessiert mich die Region und alles, was damit zusammenhängt«, erklärte er. »Nicht zuletzt deshalb betreue ich auch unsere Immobilien, die im Erkelenzer Stadtgebiet liegen.«

Ob er an dem Haus in Oberwestrich interessiert sei, fragte er Müllejans schließlich.

Müllejans gab sich zurückhaltend. Er müsse sich erst das Haus ansehen und mit seiner Familie sprechen, ehe er sich entscheiden könne. Er würde sich auf jeden Fall wieder melden, versicherte er.

Noch einmal blätterte er durch die Beschreibung des Hauses. ›Vielleicht könnte ich mich ja tatsächlich an den Gedanken gewöhnen, nach Oberwestrich zu ziehen, vielleicht sogar mit Gerlinde‹, überlegte er sich. Doch dann erachtete er seine Überlegung als abwegig und fernab jeglicher Realität. Aachen war seine Heimat, Aachen würde immer seine Heimat bleiben. Auf Dauer außerhalb von Aachen zu wohnen oder wohnen zu müssen, war für Müllejans unvorstellbar. Um nichts auf der Welt würde er seine Heimat verlassen.

Das Telefon holte ihn auf den Boden der Tatsachen zurück. Eine aufgeregte Gerlinde musste ihn unbedingt sprechen, es habe keine Zeit bis zum Feierabend. »Suhrbach war vor wenigen Minuten im Rathaus«, rief sie atemlos ins Telefon. »Er hat im Einwohnermeldeamt seinen Hauptwohnsitz in Bellinghoven abgemeldet und will seinen Lebensmittelpunkt nach Wuppertal zu seinem Zwillingsbruder verlagern«, berichtete sie mit überschlagender Stimme. Eine Kollegin aus dem Amt hätte sie informiert. »Der Mistkerl seilt sich ab, Hiero, der taucht unter!«

Bevor Müllejans etwas sagen konnte, redete Gerlinde weiter. »Ich muss Schluss machen, unser Doc will mich sprechen. Vergiss mich nicht, mein Held!« Schon hatte sie aufgelegt und ließ Müllejans mit seinen Gedanken allein.

Er zögerte nicht lange, sondern wählte rasch die Rufnummer der Anwaltskanzlei von Dr. Schulz und ließ sich von Sabine mit Grundler verbinden.

Still hörte Grundler der Schilderung von Müllejans zu. »Das macht die Sache gewiss nicht leichter, mein Freund«, sagte er langsam. »Ich befürchte, bei dem Typen beißen wir auf Granit. Wir können ihn schlecht verhaften lassen. Der gleitet uns vor unseren Augen aus den Fingern. Die Grundstücke sind wohl weg und der Sausack bald auch.«

Müllejans spürte, dass Grundler intensiv nachdachte.

»Am besten scheint es mir, wenn du heute noch bei ihm mit deiner Zaubermaus im Schlepptau antanzt und ihm deine Forderung von 500.000 DM präsentierst. Dann kann er wenigstens nicht mehr behaupten, er wisse nichts von deinen Ansprüchen.« Ansonsten falle ihm auf die Schnelle nichts ein, bekannte der Jurist freimütig. »Du schleppst mir Sachen an, Müllejans«, stöhnte er ironisch, »und alles nur, weil deine Gattin ein paar Kröten von dir will und ich Idiot mich überall einmischen muss.«

Die Freude auf Gerlinde wich einer Verunsicherung, als Müllejans am Erkelenzer Bahnhof ausstieg und sie ihm nicht, wie gewohnt, strahlend auf dem Bahnsteig entgegenkam. Müllejans hatte ein ungutes Gefühl, als er langsam durch das Bahnhofsgebäude auf den Vorplatz ging und den roten Fiesta ansteuerte.

Gerlinde hatte sich auf den Beifahrersitz gesetzt und versuchte, ihre Tränen zu unterdrücken. Wortlos fiel sie Müllejans, der sich hinter das Lenkrad gezwängt hatte, um den Hals und schluchzte.

Er strich ihr besänftigend über den Kopf und küsste sie auf die Stirn. ›Sie wird mir schon sagen, was sie hat‹, dachte er sich und schwieg.

»Fahr los!«, sagte Gerlinde endlich mit trauriger Stimme und rieb sich mit einem Taschentuch über Augen und Wangen.

Müllejans nickte, er würde den Weg schon finden von Erkelenz nach Tenholt, machte er sich Mut. Er traute sich nicht, Gerlinde nach der Route zu fragen, die er schon so oft mit ihr gefahren war, die er aber immer noch nicht wiedererkennen konnte.

»Wenn ich das Schwein erwische, dem reiße ich beide Öhrchen ab«, schimpfte die junge Frau. »Da hat mich ein feiger Hund bei meinem Chef Kockeroll angeschwärzt und nun sitze ich in der Tinte. Der hat mir sogar mit fristloser Kündigung gedroht.« Sie schnäuzte sich, was dem irritierten Müllejans die Gelegenheit gab, sie darum zu bitten, der Reihe nach zu berichten.

»Du hast doch mitbekommen, dass ich zu Dr. Kockeroll sollte?«

Müllejans nickte, während er sich vorsichtig in den dichten Verkehr einfädelte.

»Kockeroll hat einen anonymen Anruf erhalten. Darin wurde behauptet, ich hätte mehrfach unerlaubt Informationen aus der Einwohnerkartei und dem Liegenschaftsamt an Dritte weitergegeben.«

Was tatsächlich auch der Fall war, musste Müllejans einräumen.

»Ich habe dem Doc natürlich gesagt, dass das erstunken und erlogen sei. Dafür spräche ja schon, dass der Anrufer zu feige gewesen war, sich mit seinem Namen zu melden.« Aber Kockeroll habe sich davon überhaupt nicht beeindrucken lassen. »Er hat mir angekündigt, er werde die Vorwürfe prüfen lassen, außerdem soll ich ihm morgen schriftlich erklären, dass die Anschuldigungen haltlos seien. Falls die Vorwürfe zutreffen sollten, müsste ich mich auf meinen sofortigen Rausschmiss gefasst machen.« Gerlinde sah Müllejans verzweifelt an. »Hiero, was soll ich bloß machen? Ich brauch doch die Kröten aus dem Job.«

Müllejans pustete kräftig durch. »Ich weiß nicht«, räumte er verlegen ein, »lass uns heute Abend in

Ruhe nachdenken. Vielleicht fällt uns noch etwas Gescheites ein.«

Sie sei froh, dass sie wenigstens mit ihm reden könne, sagte Gerlinde, die langsam wieder zu ihrer inneren Gelassenheit fand und das Thema wechselte. »Was ist denn überhaupt mit Suhrbach?«

Erst jetzt fiel Müllejans wieder ein, was Grundler ihm vorgeschlagen hatte. »Wir müssen einen Abstecher nach Bellinghoven machen. Ich muss unbedingt mit dem Affen reden.« Ihm kam ein Gedanke. »Weißt du, wann ungefähr der anonyme Anrufer mit deinem Chef gesprochen hat?«

»Das muss sofort nach der Mittagspause gewesen sein«, antwortete Gerlinde nach kurzer Überlegung. »Der Doc hatte ein Memo auf dem Schreibtisch, auf der eine Zeit kurz nach vierzehn Uhr notiert war.«

»Also, bevor Suhrbach ins Rathaus gekommen ist?«

»Auf jeden Fall vorher«, bestätigte Gerlinde. »Hast du etwa geglaubt, dass er mich denunziert hat?«

»Ich habe es zumindest vermutet, aber der zeitliche Ablauf spricht wohl dagegen, denke ich mal. Andererseits, du hast mir gesagt, er geht bei euch ein und aus.« Ihm kam eine andere Idee. »Ihr habt doch bestimmt einen ISDN-Anschluss in eurer Telefonzentrale, oder?«

Als Gerlinde verwundert bejahte, musste Müllejans lächeln. »Dann kannst du alle eingehenden Gespräche auf dem Display der Vermittlungsstelle ablesen und außerdem abspeichern.«

So sei es tatsächlich, bestätigte Gerlinde. »Du meinst, ich soll alle Gespräche zurückverfolgen, die zwischen eins und drei im Rathaus angekommen sind?«

»Genau das meine ich, meine Liebe, vielleicht finden wir eine verräterische Nummer. Bei deinen guten Kontakten zu eurer Telefonzentrale ist das bestimmt machbar. Oder hast du da keine Freunde?«
Gerlinde musste lachen. »Jetzt muss ich die Datenbank der Stadtverwaltung anzapfen, um Informationen zu bekommen, mit denen ich den anonymen Denunzianten auffliegen lassen kann. Das kostet mich dann garantiert den Job.«

»Dann lass es besser sein«, knurrte Müllejans, der verärgert erkennen musste, dass er sich bei seiner Fahrt durch Erkelenz heillos verfranzt hatte. »Wo sind wir? Geht's hier irgendwo nach Bellinghoven?«
Wieder lachte Gerlinde und ihr Lachen klang schon fröhlicher. Beruhigend legte sie die Hand auf Müllejans' Oberschenkel. »Hiero, wir sind gleich in Matzerath. Du bist völlig von der Bahn gekommen.«
Mit knappen Kommandos lenkte sie Müllejans auf die richtige Straße und ließ ihn direkt vor Suhrbachs Haus halten.

»Viel Glück!«, rief sie ihm nach, als er zur Tür ging und schellte.

Lange tat sich nichts und Müllejans wollte schon resigniert abdrehen, als doch noch die Haustüre langsam geöffnet wurde.

»Was wollen Sie?«, fragte Suhrbachs Frau, die Müllejans vorsichtig durch einen schmalen Spalt beäugte.

Er glaubte, hinter ihr noch eine weitere Gestalt zu sehen, aber er konnte nicht erkennen, ob es sich um Suhrbach handelte. Seine Bitte, Suhrbach sprechen zu können, wies sie verschüchtert ab.

»Mein Mann wohnt nicht mehr hier«, sagte sie leise. »Er ist heute ausgezogen, ich weiß nicht, wohin.«

»Können Sie ihm denn eine Nachricht von mir überbringen oder ihm sagen, er möge sich mit mir in Verbindung setzen?«

Das könne sie nicht, antwortete die Frau barsch. Unvermittelt hatte sie den Tonfall geändert. »Ich habe keinerlei Veranlassung, für Sie Botendienste zu verrichten. Wenn Sie meinen Mann sprechen wollen, müssen Sie sich selbst um einen Kontakt bemühen. Hier wohnt er jedenfalls nicht mehr.«

Ob er wenigstens eintreten könne, fragte Müllejans höflich.

»Nein!«, war die deutliche Antwort. Grußlos schloss die Frau die Tür und ließ Müllejans im Eingang stehen.

Mit dieser schroffen Abfuhr hätte er nicht gerechnet, meinte er zu Grundler, als er ihn am Abend informierte. »Die hat mich abgekanzelt wie einen kleinen Jungen.«

Grundler ging auf die Bemerkung nicht ein. »Macht die Frau das Spiel von Suhrbach mit oder hat er sich wirklich von ihr getrennt? Diese Frage stellt sich mir.« Er vermute, fuhr Grundler fort, dass Suhrbach nach wie vor die Fäden über die Familiengeschicke in den Händen halte. »Der Geizkragen hat doch nichts zu verschenken. Der wohnt garantiert weiter bei seiner Frau, aber nicht mehr offiziell, und taucht immer dann ab, wenn es ihm zu heiß in Deutschland wird.«

Damit könne Müllejans sich wohl die halbe Millionen endgültig abschminken, bedauerte Grundler, Suhrbachs Söhne und dessen Frau hätten selbstverständlich nichts vom angeblich unlauteren Gebaren ihres Brötchengebers gewusst, darauf würden sie jeden Eid schwören. Er sei ein so herzensguter Mensch, der sich immer für die anderen aufgeopfert habe. »Und bestimmt kommt jetzt noch eine schwere Krankheit dazu, unter der der liebevolle und gütige Mann zu leiden hat«, fügte Grundler ironisch zu. »Hak den Scheißkerl ab!«

Er wechselte das Thema. »Was macht eigentlich dein reizender Zaubervogel?«, fragte er.

»Dem hat man heute ganz gehörig die Flügel gestutzt«, antwortete Müllejans und schilderte Gerlindes Problem.

Grundler hörte aufmerksam zu und begann, schallend zu lachen, als Müllejans den Namen Dr. Kockeroll erwähnte. Ob das der Mann mit dem zu eng um den Bauch geschnürten Mantelgürtel sei, wollte er von Müllejans wissen, der die Frage verblüfft an Gerlinde weitergab.

Auch sie musste lachen und bestätigte.

»Gib mir mal das Goldstück!«, bat Grundler und Müllejans reichte bereitwillig den Hörer an Gerlinde weiter.

Schon nach wenigen Sätzen entspannte sich ihr Gesichtsausdruck. »Du meinst, dass das in Ordnung geht?«, fragte sie mit leichter Skepsis und strahlte, als sie Grundlers Antwort vernahm. »Mache ich«, sagte sie schließlich froh, bevor sie das Telefonat beendete.

Sie kuschelte sich zufrieden an Müllejans, der verwirrt auf dem Sofa im Wohnzimmer saß. »Dein merkwürdig faszinierender Freund meint, es gehe alles klar. Er kennt wohl Kockeroll vom Aachener Karneval her und hat angeblich noch etwas beim Doc gut.« Sie schlang ihre Arme um Müllejans' Hals. »Er wusste sogar die Durchwahlnummer vom Doc in der Verwaltung. Morgen früh will er mit meinem Chef sprechen. Wenn das nichts nützt, wird er mich im Prozess vor dem Arbeitsgericht vertreten.« Gerlinde war froh gelaunt und knüpfte langsam Müllejans' Hemd auf.

Er schüttelte nur den Kopf. »Und was hast du mit Grundler ausgemacht?«, fragte er neugierig. »Was soll das heißen: Mache ich?«

Die junge Frau schmunzelte. »Grundler hat gesagt, ich soll dich auf der Stelle lieben, das sei die beste Medizin.« Sie schlug mit gespielter Schüchternheit die Augen nieder. »Da habe ich gesagt: Mache ich.«

Bürgerinitiativen

Müllejans konnte und wollte seinen Stolz nicht verhehlen, als er am Abend am Bahnhof in Gerlindes Wagen stieg. Am Morgen hatte ihn kurz nach Dienstbeginn der Parlamentarische Staatssekretär zu sich rufen lassen und ihn bei einer Tasse Tee in ein Gespräch verwickelt. Müllejans hatte sich nichts dabei gedacht, derartige, oftmals plötzlich anberaumte Gespräche gab es gelegentlich und meistens ging es dabei um belanglose Dinge.

Doch dieses Mal lenkte der politische Beamte die Unterhaltung schnell in eine andere Richtung. Er habe mit ständig wachsendem Interesse die Arbeit von Müllejans verfolgt und dabei feststellen können, dass Müllejans zügig und nahezu fehlerfrei arbeite. Kurzum, er sei mit dessen Leistung außerordentlich zufrieden und habe daher der Ministerin empfohlen, Müllejans mit einer anspruchsvolleren Aufgabe zu betrauen. Ob er es sich vorstellen und zutrauen könnte, als Dezernent der Planungsabteilung zu arbeiten und damit als Chef mehrerer Abteilungen direkter Ansprechpartner von ihm und dem Minister zu sein, wollte er wissen. Selbstverständlich sei mit der Versetzung auch eine Beförderung zum Oberregierungsrat verbunden.

Müllejans hatte nicht lange überlegt und spontan eingewilligt. Im Prinzip war es ihm ziemlich egal, ob er im Bereich Landwirtschaft oder der Raumordnung und Landesplanung seine Dienstzeit verbrachte. Wenn ihm der Wechsel auch noch eine Höhergruppierung einbrachte, war das ein nicht zu verachtendes Zubrot.

Er konnte sich den uralten Beamtenwitz nicht verkneifen, als er seinem Kollegen Michels in der Kantine von seinem Karrieresprung berichtete: Wer viel arbeitet, macht viele Fehler, wer wenig arbeitet, entsprechend weniger und wer überhaupt nicht arbeitet, wird befördert.

Michels sah keinen Anlass, Müllejans die personalpolitischen Hintergründe der Beförderung zu verschweigen. »Die Ministerin braucht für einen miesen Juristen aus den grünen Reihen eine Stelle, bei der er wenig Schaden anrichten kann und stieß dabei auf deinen Posten«, behauptete er. »Gleichzeitig ist der bisherige Planungsdezernent, ein ausgesprochener SPD-Mann, ausgeschieden. Die Genossen hätten garantiert gemosert, wenn ein Grüner auf diese Position gerückt wäre, also hat sich unsere grüne Umweltministerin auf das kleinste Übel eingelassen, weder Ökopax, noch Edelsozi, sondern eine politische Null.« Michels lachte auf und verbarg dabei seine Verbitterung nicht. »Auch so kann man natürlich Beamtenkarriere machen.«

»Stört dich das Gesuse etwa?«, hatte Gerlinde gefragt, während sie zu ihrer Wohnung fuhren, und pragmatisch gemeint: »Hauptsache, die Flocken stimmen. Du hättest mich beinahe durchfüttern müssen. Wenn ich meinen Job verloren hätte, wäre dir jede Mark zusätzlich recht gewesen.«

Müllejans stutzte. »Was ist mit deinem Job?«

Das Thema habe sich beinahe erledigt, meinte Gerlinde zufrieden und winkte lässig ab. »Der Doc hat mich heute Nachmittag in sein Büro geholt und mir erklärt, er würde die leidige Angelegenheit zunächst auf sich beruhen lassen. Er wollte abwarten, ob sich der anonyme Anrufer noch einmal meldet und dann von ihm den Namen wissen. Außerdem wollte er zunächst auf meine schriftliche Erklärung verzichten.« Sie strahlte Müllejans an. »Weißt du was? Kurz vor dem Gespräch hat Kockeroll einen Anruf aus Aachen bekommen. Das hat mir jemand aus der Zentrale gesteckt und mir sogar die Nummer genannt. Bei meinem Kontrollanruf bin ich in der Anwaltskanzlei Dr. Schulz gelandet. Raffiniert, was?«

Offensichtlich hatte Grundler den Tatendrang von Kockeroll jäh gebremst, vermutete Müllejans nicht zu Unrecht.

»Dein Freund ist einfach genial. Den muss ich einmal näher kennen lernen«, sagte Gerlinde fröhlich und kicherte vergnügt, als sie Müllejans' verunsicherten Gesichtsausdruck bemerkte. »Keine Bange, mein Lieber, du bist und bleibst mein Held.«

Müllejans versuchte, gelassen zu wirken. »Apropos Display, hast du die Liste mit den Telefonnummern?«

»Nein«, antwortete sie rasch. »Ich habe den Doc danach gefragt und er hat mich nur staunend angesehen.« Eine derartige Liste sei tatsächlich bis vor kurzem geführt worden, hätte er ihr erklärt, dann habe man sie abschaffen müssen. Nach einem hetzerischen Schmierenartikel in einem rechten Politblättchen, in dem der Stadt Spitzelmethoden nach Stasi-Art vorgeworfen wurden und der Stadtdirektor als Drahtzieher illegaler Machenschaften verdächtigt worden war, und nach den daraufhin folgenden Rückfragen aus den Lokalredaktionen, den Radioanstalten und der Öffentlichkeit habe die Verwaltung auf diese im Programm der Anlage installierte Möglichkeit verzichtet. »Der Erste, der das Thema angesprochen hatte, war übrigens mein Parteifreund Tuchmacher, hat mir Kockeroll gesagt. Aber ehe Tuchmacher aus Mönchengladbach seine Artikel hier hatte streuen können, waren die Medien in Erkelenz schon am Ball.« Das habe der Doc auch noch gesagt.

»Dann ist ja alles in Butter«, sagte Müllejans, der sich über sich selbst ärgerte. Schon die Nennung von Tuchmachers Namen hatte ihn etwas eifersüchtig werden lassen.

Gerlinde wechselte das Thema. Es gebe übrigens Neuigkeiten von Lambert Jansen, erzählte sie, als sie am Küchentisch zu Abend aßen. »Deswegen hat es in den Bürgerinitiativen sogar richtig Zoff gegeben.« Lambert Jansen sei in Lützerath langjähriger Nachbar von Trude Jansen gewesen, fuhr Gerlinde fort und betonte beinahe schon überflüssigerweise: »Weder verwandt, noch verschwägert.« Trude Jansen sei vor einigen Monaten verstorben, ihre Erben hätten das alte Haus der Rentnerin sofort an Rheinbraun verkauft. »Dagegen kann man leider nichts machen«, bedauerte Gerlinde.

»Lambert Jansen hatte aber festgestellt, dass seine Nachbarin vor ihrem nicht unerwarteten Ableben mehrfach Besuch von Waldemar Tuchmacher bekommen hat, so hat er es jedenfalls seinem Enkel Berthold berichtet.« Berthold habe dann bei einer Sitzung der Bürgerinitiativen behauptet, Tuchmacher habe bewusst die Alte ausgefragt, um die Namen der Erben zu erfahren. »Tuchmacher hat natürlich vehement zurückgewiesen, dass er für Rheinbraun spioniert habe. Er wollte Lambert Jansen zur Rede stellen, doch ist aus diesem Gespräch nichts mehr geworden, weil Berthold dabei sein wollte und Tuchmacher wieder gefahren ist, als er den Enkel im Zimmer sitzen sah.« Gerlinde verzog das Gesicht. »Eine Woche später war der Alte hinüber. Der Todestag war übrigens ein Mittwochabend, zur gleichen Zeit, als das Präsidium der Bürgerinitiativen tagte und sich Tuchmacher und Berthold erneut gegenseitig angegiftet haben.« Sie sah Müllejans frohlockend an. »Na, was sagst du jetzt?« Müllejans wollte sein Staunen nicht verhehlen. »Woher weißt du das?«

Gerlinde grinste vergnügt. »In unserem Dorf bleibt einfach nichts verborgen. Berthold ist mit Marianne liiert und die Schwester von Marianne ist mit einer Freundin von mir befreundet.«

Müllejans schüttelte versunken den Kopf, während er in eine Schwarzbrotschnitte biss. »Warum gibt es denn deswegen Zoff?«, fragte er kauend.

»Ist doch klar, dass Waldi, ähm, Tuchmacher sauer ist, wenn ihm Berthold vorwirft, er würde mit Rheinbraun kungeln. Jetzt fühlt sich Tuchmacher zu Unrecht beschuldigt, während andere Präsidiumsmitglieder ihm nunmehr mit großer Skepsis begegnen.« Gerlinde schluckte kurz. »Jedenfalls hat das Theater etwas bewirkt: Tuchmacher hat versprochen, er werde herausfinden, was es mit dem Anhänger und dem Bauschutt auf sich hat.«

Die traute und intime Zweisamkeit, die sich Müllejans für den Abend erhofft hatte, stieß nicht auf die erwartete Erwiderung.

»Geht heute leider nicht«, wehrte Gerlinde sein Drängen nach dem Abendessen liebevoll, aber auch verbindlich ab.

»Was ist der Grund?«

»Der ist politisch«, antwortete Gerlinde, während sie an den Kleiderschrank trat, um sich umzuziehen. »Im Kaisersaal in Immerath gibt es um acht eine CDU-Versammlung zur energiepolitischen Notwendigkeit des Tagebaus Garzweiler II. Waltermann hat irgendeinen unbekannten Hansel aus der CDU-Landtagsfraktion eingeladen, der uns seine Weisheit verkaufen will. Und er hat den Nachfolger von Baumhäuser bei den Grünen für die Diskussion gewinnen können.« Das werde bestimmt ein lustiger

Abend, da müssten sie hin, sagte sie. »Ich muss dahin, weil ich mich auf die schwachsinnigen Argumente meiner politischen Feinde einstellen muss. Und du, weil du als hohes Tier aus dem Umweltministerium Informationen sammeln musst«, fügte sie lästernd hinzu.

Schnell fand sich Müllejans damit ab, dass er den Abend nicht in erholsamer Ruhe verbringen konnte. Er war sogar froh, dass ihn Gerlinde aufscheuchte und ihn in ihr abwechslungsreiches Leben einband. So freute er sich schon auf die Diskussion, als sie nach Immerath fuhren und Gerlinde den Fiesta vor der Pfarrkirche St. Lambertus parkte. »Du kannst in der Dunkelheit gar nicht genau erkennen, wie schön und mächtig diese Kirche ist«, sagte sie zu Müllejans, als sie sich einhakte und mit ihm den Weg die Straßen entlang zum Kaisersaal ging. »Das ist eine der schönsten Kirchen im Bistum Aachen.«

Der Kaisersaal war brechend voll, womit Müllejans überhaupt nicht gerechnet hatte.

»Wenn die CDU ruft, steht hier alles stramm«, behauptete Gerlinde frech, »obwohl wir hier den Bezirksausschussvorsitzenden stellen, der ausgerechnet auch noch ein Mitarbeiter von Rheinbraun ist.« Aber das sei eine andere Geschichte, seufzte Gerlinde auf. »Die versuchen, Immerath zu unterwandern und mit Tagebaufreunden zu bevölkern. Immer, wenn ein Haus aufgekauft wird, wird es entweder sofort abgerissen oder mit Rheinbraun-Leuten belegt«, sagte sie ärgerlich.

Müllejans schwieg dazu. Gerlinde konnte ihm viel erzählen. Ob er es glaubte oder nicht, müsste sie ihm überlassen. Und alle ihre Behauptungen wollte er nicht ungeprüft glauben.

Ihn interessierte eine andere Bemerkung von Gerlinde. »Wieso eigentlich CDU?«, fragte er verunsichert. »Ich denke, die ist für Garzweiler II?«

»Etwa SPD?«, konterte Gerlinde mit einer Gegenfrage.

»Also Bündnisgrün?«

»Aber nicht im CDU-Land«, widersprach Gerlinde auf der Stelle. »Hier im Erkelenzer Osten wurde immer mit großer Mehrheit schwarz gewählt. Außerdem vertritt der CDU-Landtagsabgeordnete aus Erkelenz eine ablehnende Position. Er ist einer der wenigen in der Fraktion, der öffentlich den Tagebau ablehnt.« Unter diesen Umständen könnten die Genossinnen und Genossen nicht gegenhalten. »In einigen Wahlbüros haben die Sozis derart einen auf die Mütze bekommen, dass sie in der Wählergunst noch hinter die Grünen zurückgefallen sind und nur noch die dritte Kraft sind. Hier herrscht gewissermaßen schwarz-grün und nur, weil die sich nicht einigen konnten, stellen wir den Chef des Dorfausschusses. So paradox kann die Politik sein.«

Müllejans sah sich neugierig um und blickte durch die gut gefüllten Sitzreihen. Er befürchtete insgeheim, irgendjemand könnte ihn als Beamten des Umweltministeriums erkennen und ihn eventuell mit Fragen behelligen. Das hätte ihm gerade noch gefehlt. ›Ich weiß noch nicht viel über den Tagebau‹, sagte er sich, ›zwar schon viel mehr als vor einiger Zeit, aber bei weitem nicht genug, um überzeugend eine Position vertreten zu können.‹ Er merkte nur für sich, dass er längst nicht mehr so unvoreingenommen die Werbung von Rheinbraun oder die politischen Aussagen für Garzweiler II aufnahm, wie er es früher getan hatte.

Mit wachsendem Unmut verfolgte er den Auftritt des CDU-Landtagsabgeordneten, der von den Tagebaugegnern in der Diskussion ein ums andere Mal in die Enge getrieben wurde und der seine Unkenntnis oft nur durch Polemik kaschieren konnte.

Über die Streitkultur der Menschen, die mit Engagement gegen den Tagebau kämpften, konnte Müllejans nur staunen. Sie ließen die Politiker geduldig ausreden, gaben sich dabei allerdings keine Mühe, sich das Lachen zu verkneifen, wenn das Gerede zu abwegig und die Begründungen zu absurd wurden, und hatten bei ihren Beiträgen stets einprägsame Fakten und seriöse Quellen zur Hand. Sie wussten genau, womit sie argumentierten, anders als der CDU-Politiker und auch anders als der Nachfolger von Baumhäuser, der bis auf seine immer wiederholte Zusicherung, er und seine Partei würden den Tagebau verhindern, keine maßgebliche Bereicherung der Diskussion darstellte.

Der Strom aus der Braunkohle des Tagebaus Garzweiler II werde benötigt, so der CDU-Mann mit dem Hinweis auf ein Gutachten. Er musste wenig später einräumen, dass er das aktuelle Gutachten nicht kannte, weil es der SPD-Wirtschaftsminister unter Verschluss halten würde, wie er klagend behauptete.

Waltermann hingegen hatte das Gutachten, wie selbstverständlich, zur Hand. »Der bekommt alles taufrisch«, raunte Gerlinde Müllejans zu, der sie staunend gefragt hatte. »Du glaubst gar nicht, wie viele Menschen von Rheinbraun, RWE oder den Parteien den Vereinigten Bürgerinitiativen Unterlagen zuschanzen. Waltermann ist immer auf dem neuesten Stand der Dinge.«

Wie der Vorsitzende der Bürgerinitiativen erläuterte, hatte das aktuelle Gutachten einen Rückgang des Stromverbrauchs errechnet und widersprach damit deutlich seinen Vorgängern. Auch dieser Rückgang, verbunden mit einer besseren Ausnutzung des Energiepotentials aus den beiden anderen Braunkohlegroßtagebauen Hambach und Inden im Rheinland, werde Garzweiler II überflüssig machen, rechnete Waltermann unter dem Beifall seiner Zuhörer den beiden Politikern vor.

»Den überflüssigen Strom, den man aus der Braunkohle von Garzweiler II produzieren will, verkauft man billig nach Portugal«, ereiferte sich ein Bürger, der von seinem Stuhl aufgesprungen war. »Die bezahlen dort weniger für eine Kilowattstunde als wir in Nordrhein-Westfalen. Für dieses Geschäft zu meinen Lasten lasse ich mich nicht wegbaggern.«

Der tosende Beifall der Versammlung machte Müllejans deutlich, dass der Mann die allgemeine Meinung auf den Punkt gebracht hatte.

Der CDU-Politiker versuchte, die Diskussion umzubiegen, ohne auf den Strompreis näher einzugehen. Man müsse nicht nur die energiewirtschaftliche Seite betrachten, sondern im Rahmen einer globalen wirtschaftlichen Betrachtung auch die arbeitsmarkpolitischen Aspekte. Die Angst der Rheinbraun-Kumpel vor dem Verlust ihrer Arbeitsplätze sei ebenso zu berücksichtigen wie die Angst der vor der Umsiedlung stehenden Bürger, meinte er in seinem Versuch eines politischen Eiertanzes, für den er aber keinen Beifall erwarten konnte.

Knallhart rechnete ihm Waltermann vor, dass Umsiedlungsmaßnahmen wegen des Tagebaus und die Arbeitsplatzverluste der von der Umsiedlung bedrohten Menschen der Volkswirtschaft teurer zu stehen kämen als der Verzicht auf den Tagebau.

»Wenn Rheinbraun in neue Technologien zur Gewinnung von Strom aus regenerativen Energiequellen investiert und die Braunkohle aus den bestehenden Tagebauen mit einer optimalen Kraftwerkstechnik nutzt, können wir alle nur gewinnen«, folgerte ein Diskussionsteilnehmer aus der Versammlung, »dabei würden bestimmt genauso viele Arbeitsplätze bei Rheinbraun geschaffen wie durch den Verzicht auf den Tagebau entfallen würden.«

Sachlich lenkte Waltermann die Diskussion auf die vermeintliche Wirtschaftlichkeit des Tagebaus und dessen angebliche energiepolitische Notwendigkeit zurück.

Müllejans war gespannt auf die Erklärungen der Landtagsabgeordneten und musste bilanzieren, dass sie außer Phrasen nichts zu sagen hatten. Offensichtlich saßen nur wenige Experten im Saal: Waltermann und einige Mitglieder der Bürgerinitiative.

Dabei hatte Müllejans zunächst das Argument des CDU-Mannes zur konkurrenzlos günstigen Braunkohle, die subventionsfrei sei, durchaus als überzeugend erachtet. Als eine mögliche Alternative sei allenfalls im Erkelenzer Land die Windkraft denkbar, die aber nur dann zu akzeptablen Preisen an die Endverbraucher geliefert werden könnte, wenn sie mit einem Millionenaufwand subventioniert werde. Insgeheim stimmte ihm Müllejans zu.

Doch auch mit dieser Argumentation manövrierte sich der Politiker in eine Sackgasse hinein. Wenn er das Loblied auf den subventionsfreien Strom singen wolle, müsse er sofort die Subventionen für die deutsche Steinkohle und den Atomstrom stoppen und auch die Subventionen für die neuen Braunkohlekraftwerke in den ostdeutschen Gebieten. Bis 1995 habe es rund 40 Milliarden DM aus der Staatskasse für die Atomkraftwerke gegeben, der Strom aus Steinkohle sei bisher mit mehr als 100 Milliarden DM staatlich unterstützt worden und würde bis zum Jahre 2005 noch mit weiteren 65 Milliarden DM subventioniert. Dagegen machten sich die 600 Millionen DM an Subventionen für die Windkraftanlagen mehr als bescheiden aus, so hielt ihm ein Vertreter der Bürgerinitiativen entgegen.

Ins Grübeln brachte Müllejans auch ein zweites Argument, mit dem die Vorzüge der Windenergie hochgerechnet wurden. Während die Braunkohle aus dem geplanten Tagebau Garzweiler II auf 48 Quadratkilometern Fläche in 40 Jahren im Mittel pro Jahr rund 30 Milliarden Kilowattstunden Strom liefern könnte, erbrächte die gleiche Fläche mit dezentralen Windkraftanlagen 288 Milliarden Kilowattstunden. Komplette Dörfer würden für die Braunkohle dem Erdboden gleichgemacht und die Bevölkerung würde gezwungen, umzuziehen. »Für die Windkraft hingegen muss keiner umziehen.« Außerdem würde die junge, aufstrebende Zukunftstechnologie Windkraft Arbeitsplätze schaffen. »Auch für Rheinbraun-Mitarbeiter, die wegen des Stopps von Garzweiler II ihren Arbeitsplatz vielleicht verlieren würden«, sagte der Mann abschließend.

»Außer Spesen nichts gewesen«, kommentierte Gerlinde den Verlauf der Versammlung, als sie mit Müllejans an der Hand aus dem Kaisersaal drängte. »Wie immer nichts Neues von unseren Volksvertretern. Die sind nur dumm und wollen uns für dumm verkaufen.«
Müllejans teilte diese Meinung nicht. Er hatte die Diskussion als sehr aufschlussreich empfunden. »Ich bin jedenfalls schlauer als zuvor«, sagte er.
Es würden sich immer mehr Menschen in Deutschland gegen das Projekt aussprechen, behauptete Gerlinde. Ob er die Anzeigenkampagne in deutschen Tageszeitungen gesehen hätte, in der sich viele Prominente gegen Garzweiler II ausgespro-

chen hätten, fragte sie ihren Freund, der höflicherweise erwiderte, er könne sich flüchtig daran erinnern. Das stimmte zwar nicht, aber er wollte es ihr nicht sagen.

»In der Kampagne haben sogar SPD-Abgeordnete aus dem Bundes- und Landtag Position gegen den Tagebau bezogen«, fuhr Gerlinde stolz fort. Sie sah Müllejans im fahlen Licht einer Straßenlampe an. »Weißt du eigentlich, dass die SPD schon 1954 das Ende des Braunkohletagebaus in Deutschland wegen des Raubbaus an der Umwelt gefordert hat?«

»Nein«, antwortete Müllejans verblüfft.

»Das können Sie unter anderem in den Memoiren von Franz-Josef Strauß nachlesen und steht im Godesberger Programm der Sozen«, meldete sich eine laute Stimme in seinem Rücken. Sie gehörte Tuchmacher, der den beiden gefolgt war und sie in Höhe seines halb auf dem Gehweg geparkten Mercedes eingeholt hatte.

Gerlinde grüßte den Journalisten hocherfreut, während Müllejans den massigen Mann mit einem strengen Blick bedachte.

»Na, was macht mein Turteltäubchen?«, scherzte Tuchmacher leutselig mit Gerlinde.

»Das ist zufrieden wie noch nie zuvor in seinem Leben«, antwortete sie frech. »Es geht halt nichts über einen harmonischen Lebenswandel.« Strahlend betrachtete sie Müllejans, während Tuchmacher mit verkniffenen Lippen die elektronische Verriegelung seiner Limousine ausschaltete. Als die Tür aufsprang, entdeckte Müllejans im dämmrigen Licht der Innenbeleuchtung einen weißen Rheinbraun-Arbeitshelm, den Tuchmacher auf dem Rücksitz abgelegt hatte.

»Sie betreiben wohl Industriespionage«, lästerte er und deutete auf den Helm. »Etwa auf den Spuren von Günther Wallraff?«

Doch ließ sich Tuchmacher nicht provozieren. »Sie glauben es kaum, darauf steht sogar mein Name.« Er sei so oft beruflich in den Tagebauen unterwegs, da habe er von Rheinbraun seinen eigenen Helm bekommen.

»Wahrscheinlich Sondergröße?« Müllejans ärgerte sich darüber, dass der dicke Journalist gelassen blieb. »Einem normalen Rheinbraun-Mitarbeiter würde Ihr Helm doch glatt über die Augen rutschen.«

Kumpel hießen die Beschäftigten im Bergbau, belehrte ihn Tuchmacher genüsslich. »Und es gibt durchaus Vollschlanke unter ihnen.«

Gerlinde spürte die steigende Spannung zwischen den beiden Männern. »Weißt du eigentlich, dass Baumhäuser im Plangebiet ein Haus kaufen wollte?«, fragte sie den Journalisten, der sie erstaunt ansah.

Nein, antwortete er, das höre er jetzt zum ersten Mal. Aber das sei ein sehr interessantes Thema.

Vielleicht stünde Baumhäusers Tod im Zusammenhang mit seiner Kaufabsicht, mutmaßte die junge Frau.

Tuchmacher lächelte sie nachgiebig an. »Nicht so vorschnell mit deinen Schlussfolgerungen, meine

Liebste. Das werde ich bei meiner Recherche schon herausbekommen, falls daran etwas sein sollte.«

»Und dann kommen Ihnen andere wieder zuvor«, platzte Müllejans zornig dazwischen, »wie bei den Gesprächslisten im Erkelenzer Rathaus.«

Tuchmacher funkelte ihn nur kurz an, dann wandte er sich wieder mit einem souveränen Lächeln Gerlinde zu. »Ich habe gehört, du hattest ein Problem mit deinem Chef?«

»Woher weißt du das?«

Tuchmacher breitete triumphierend seine Arme aus. »Ich bin Journalist, Verehrteste, da bekomme ich fast alles mit.«

Gerlinde gab sich mit dieser Antwort zufrieden, die Müllejans als inhaltslos erachtete, und schilderte bereitwillig das Geschehen.

Tuchmacher quittierte es mit einem ungläubigen Kopfschütteln. »Soll ich mich einmal darum kümmern?« Es würde ihm vielleicht gelingen, die dubiose Geschichte aufzuklären. »Ich kann es einfach nicht leiden, wenn meinem Turteltäubchen Ungerechtigkeit widerfährt«, sagte er mit einem höhnischen Lächeln in Müllejans' Richtung. »Da muss ich doch als Kavalier sofort helfen.« Er musterte Müllejans kritisch von oben herab. »Was sind Sie eigentlich von Beruf? So, wie Sie herumlaufen, können Sie nur ein kleiner Beamter im Finanzamt sein. Brav, bieder und langweilig und ohne Durchsetzungsvermögen.«

Gerlinde wollte antworten, doch kam ihr Müllejans zuvor. »Sie wollen Journalist sein?«, fragte er schnippisch zurück. »Da dürfte es für Sie eine der leichtesten Übungen sein, meinen Beruf herauszufinden.« Er packte Gerlinde am Arm und zog sie grußlos von Tuchmacher fort.

»Ihr beide könnt euch wohl nicht leiden«, meinte sie mit unverhohlenem Vergnügen auf dem Weg zum Parkplatz. Sie hatte sich eng an Müllejans gedrückt. »Du hättest dich einmal sehen sollen. Du hast dich benommen wie ein eifersüchtiger Platzhirsch, der einen Konkurrenten vertreiben will.«

Er sehe es anders, entgegnete Müllejans, der sich vergeblich um Gelassenheit bemühte. »Der Kerl hätte dich am liebsten ins Auto gezerrt und auf der Stelle vernascht«, schimpfte er. »Der Affenarsch!«

»Und du, mein großer Held Hieronymus Müllejans, du hast mich aus den brutalen Fängen des Bösewichts befreit«, kommentierte Gerlinde spöttisch. »Ich glaube, ohne dich kann ich keinen einzigen Schritt mehr unbeschadet durch die böse, böse Welt gehen.«

Müllejans blickte sie an und betrachtete ihre klaren, strahlenden Augen, die Lachfältchen und den verschmitzt grinsenden Mund. Er zog sie impulsiv an sich und küsste sie heftig mitten auf dem Gehweg.

»Hiero, du machst mich verrückt«, flüsterte Gerlinde atemlos. »Hör sofort auf, sonst vergesse ich mich!« Sie streichelte ihm sanft über die Wangen. »Lass uns fahren! Du bist der Chauffeur.«

176

Baumhäuser

»Welcher Idiot ruft zu dieser nachtschlafenden Zeit noch an«, fluchte Gerlinde, als sie beim Öffnen der Haustür das Telefon vernahm. Sie hatte es nicht eilig mit dem Abheben und bellte verärgert ihren Namen in die Muschel. Doch in Sekundenschnelle änderte sich ihr mürrischer Gesichtsausdruck, sie lachte verlegen und strich sich mit der Hand durchs Haar.

Aus ihren Antworten folgerte Müllejans, dass Grundler am anderen Ende der Leitung sein musste. Sie wolle überhaupt nicht wissen, mit welchen Zaubermitteln er Kockeroll bearbeitet habe, sagte sie vergnügt, sie danke ihm jedenfalls recht herzlich. Über eine Belohnung könne man sich bestimmt einig werden, fügte sie schnell hinzu. Amüsiert hörte sie zu, dann errötete sie leicht, als sie den Hörer an Müllejans weiterreichte.

»Hast du wieder deinen unverschämten Charme sprühen lassen?«, fragte er unsicher. »Gerlinde läuft mit einem hochroten Kopf wie ein verliebter Backfisch herum«, übertrieb er maßlos, wofür er sich einen leichten Kniff in den Oberarm gefallen lassen musste.

»Der Mann von Welt genießt und schweigt«, konterte Grundler. »Ich kann dir nur den Tipp geben, halte die Frau gut fest.«

»Deshalb rufst du an?«, brummte Müllejans.

»Seit Stunden versuche ich, euch zu erreichen«, brummte Grundler zurück, »aber ihr habt es wohl bisher nicht vom Bett bis zum Telefon geschafft. Dabei dürften eure Anstrengungen wahrscheinlich weniger erfolgreich gewesen sein als meine schweißtreibende Arbeit, die ich für dich verrichten muss, weil du dazu nicht in der Lage bist.«

Müllejans zog es lange vor zu schweigen. Bei einem Disput mit Grundler würde er immer den Kürzeren ziehen. Das hatte er oft genug miterlebt, wenn sie zu Studentenzeiten Gerichtsverfahren nachspielten. Wenn die juristischen Argumente nicht mehr ausreichten, kam Grundler stets mit seiner brillanten Rhetorik und seinem schier unerschöpflichen Vorrat an derben und dreisten Sprüchen, mit denen er seine Gegenspieler zum Lachen oder zur Weißglut trieb und sie dadurch aus dem Gleichgewicht brachte. »Mach's kurz, Tobias«, sagte er endlich, »ich bin müde nach einem langen Arbeitstag.«

»Nicht mehr lange«, frohlockte Grundler geheimnisvoll, »was ich dir sage, bringt dir garantiert eine schlaflose Nacht.« Er räusperte sich. »Wir haben eine unumstößliche Tatsache und die lautet: Der Immobilienmakler Schmitz besitzt ein Nummernkonto bei einer Bank in Luxemburg, auf dem sich rund 800.000 DM befinden.«

»Aha.« Mehr fiel Müllejans nicht ein.

»Ich habe heute in Mönchengladbach bei der Witwe von Schmitz angerufen und ihr erklärt, ich vertrete einen Mandanten in einer Grundstücksangelegenheit, an der ihr Mann beteiligt gewesen war«, berichtete Grundler. »Das ist doch nicht gelogen, oder?«

Müllejans sparte sich die Antwort.

»Jedenfalls habe ich die Frau in ein Gespräch verwickelt«, fuhr der Jurist fort, »dabei hat sie mir verraten, dass ihr Mann am späten Abend vor seinem Ableben einen Anruf bekommen habe und anschließend aufgeregt in sein Büro gefahren sei. Weißt du, was das bedeutet?« In Grundlers Stimme schwang Erleichterung mit. »Ich war nicht der Letzte, der mit Schmitz geredet hat.« Die Witwe habe bedauerlicherweise nicht gewusst, mit wem sich ihr Mann getroffen habe. Sie hätte sich ohnehin nicht um seine Geschäfte gekümmert. »Sie habe keinen Durchblick gehabt und blicke auch jetzt noch nicht durch, hat sie beklagt.« Grundler legte eine Kunstpause ein. »Höflich, wie ich von Natur aus nun einmal bin, habe ich ihr meine Hilfe angeboten und sie hat mich prompt mit ihren Problemen überfallen. Dabei kam sie auch auf verschiedene Konten zu sprechen, unter anderem auf eines in Luxemburg. Daraufhin habe ich alles stehen und liegen gelassen und bin sofort zu ihr gefahren, habe mir eine Vertretungsvollmacht von ihr abzeichnen lassen, die ich sofort an die Bank im Großherzogtum gefaxt habe.« Er lachte vergnügt. »Die haben tatsächlich mitgespielt und mich in Gegenwart von Frau Schmitz ausführlich informiert. Das Konto wurde vor mehr als vier Jahren mit rund 650.000 DM angelegt und hat nun einen Bestand von über 800.000 DM. Na, dämmert's bei dir?« Grundler gab sich selbstsicher und motivierte Müllejans zu eigenen Überlegungen.

»Wenn ich die rund 650.000 Märker mit drei multipliziere, komme ich so ziemlich genau auf zwei Millionen«, sagte er langsam vor sich hin. »Und das ist rein zufällig der Betrag, den Schmitz für den Verkauf der Grundstücke von Tante Annegret an die Düsseldorfer Immobiliengesellschaft bekommen hat.«

»Was schließt du daraus messerscharf?«

»Dass Schmitz das Geld in Luxemburg deponiert hat, um es zu verbergen«, antwortete Müllejans.

»Außerdem?«

Bei Müllejans fiel der Groschen. »Er hatte noch zwei Kompagnons, seine beiden stillen Gesellschafter. Die haben jeweils den gleichen Betrag eingesackt.«

»Und wahrscheinlich ebenfalls schleunigst nach Luxemburg transferiert.«

»Wie kommst du darauf, Tobias?«

»Die zwei Millionen sind auf ein Konto von Schmitz bei einer Bank in Mönchengladbach eingezahlt worden und bar bei einer Filiale der Bank in Luxemburg wieder abgehoben worden. Das habe ich aus den Kontoauszügen von Schmitz erfahren.«

»Dann haben die drei das Geld in Luxemburg aufgeteilt«, meinte Müllejans aufgeregt.

»So wird es wohl gewesen sein«, bestätigte Grundler, »und wir wissen, dass einer der drei Schmitz gewesen sein muss.«

»Und die anderen beiden? Wer sind sie?«

»Ich unterstelle einmal, dass einer der beiden Suhrbach ist«, antwortete Grundler vorsichtig. »So absonderlich, wie der sich benimmt. Wahrscheinlich ist er jetzt in Luxemburg und holt sich sein Kuchenstück ab, um es vor uns zu verbergen. Er muss doch damit rechnen, dass wir über Schmitz auf sein Konto stoßen können oder zumindest zu der Vermutung kommen, er habe dort Schwarzgeld deponiert. Suhrbach glaubt nach meinen Briefen garantiert, und bestimmt nicht zu Unrecht, dass ich ihm die Steuerfahndung auf den Hals schicke und seine intensive Geschäftsverbindung zu Schmitz offenlege.«

»Dann bleibt nur noch einer.« Müllejans pustete durch. Der Gedanke, der ihm kam, war absurd, räumte er sich insgeheim ein, aber er musste ihn äußern. »Der Dritte im Bunde könnte Baumhäuser gewesen sein.«

»Wie kommst du darauf?«

»Nur so. Eine Ahnung. Ich kann dir keinen rationalen Grund nennen. Aber es würde passen.«

»Auch diese Vermutung habe ich überprüft«, fuhr Grundler zufrieden fort. »Ein Studienkollege meines Kollegen Schulz, der in Dortmund praktiziert, ist Rechtsbeistand der Familie Baumhäuser. Er hat meinem Freund in die Hand versprochen, dass der Politiker kein Nummernkonto besessen habe. Der hätte nie krumme Dinger gedreht. Es gebe nur eine Ungereimtheit in Baumhäusers Verhalten. Vor ungefähr sechs Jahren habe er sich merkwürdig verhalten. Da hat er ohne Wissen seiner Frau auf eines seiner Grundstücke eine Hypothek über rund 170.000 DM aufgenommen. Er hat das Geld vom Konto abgehoben und nicht wieder eingezahlt. Keiner kann erklären, was er damit gemacht hat.« Grundler schmunzelte. »Fast keiner weiß es. Denn du kannst es beispielsweise ebenso erklären wie ich.«

»Offen gestanden: nein.« Müllejans war verwirrt und konnte sich keinen Reim aus den Andeutungen von Grundler machen.

»Du musst noch einmal deine Rechenkünste aktivieren«, regte der Anwalt an, »und musst den Betrag mit drei multiplizieren. Dann erhältst du die Summe, die Schmitz als Kaufpreis für die Grundstücke deiner Großtante bezahlt hat einschließlich der Umschreibegebühren.«

Müllejans hatte Probleme, Grundlers Folgerungen zu verstehen. Das ging ihm zu schnell. »Ist das so oder kann das so gewesen sein?«, fragte er voller Zweifel.

»Gehen wir einmal davon aus, dass es so ist«, antwortete Grundler langsam, »dann hat Baumhäuser nicht selbst unmittelbar bei dem Geschäft mitgemischt, sondern das Geld jemandem gegeben, der als dritter Gesellschafter mit Schulz und Suhrbach aktiv war. Entweder war dieser Mensch ein Strohmann für den angeblich so ehrenwerten Herrn

Baumhäuser, oder er hat das Geld vom ahnungslosen Baumhäuser vorgestreckt bekommen.« Grundler seufzte. »Wie dem auch sei, wir haben einen unbekannten Dritten.« Er schwieg.

»Was wollen und sollen wir jetzt tun?«, fragte Müllejans aufgeregt.

»Was schon? Wir suchen den dritten Mann«, erhielt er lapidar als Antwort.

Borschemich

Wenn Müllejans gewollt hätte, hätte er den nächsten Abend ohne Gerlinde verbringen können. In seiner Wohnung oder bei ihr hätte er auf sie warten müssen, weil sie zu einer weiteren Veranstaltung über den geplanten Tagebau wollte. Sie müsse unbedingt in die Mehrzweckhalle nach Borschemich, in der es eine Podiumsdiskussion mit den Kirchen gebe, hatte sie ihm erklärt, zur Not auch ohne ihn. Ob das wirklich sein müsse, hatte Müllejans kurz genörgelt, sich dann aber dazu entschlossen, Gerlinde zu begleiten, nicht zuletzt nach ihrem Hinweis, dass er in Borschemich bestimmt Tuchmacher zu sehen bekäme. Das hatte ihm noch gefehlt, dass der widerliche Kerl seine fetten Finger nach Gerlinde ausstreckte.

Nun saß er missmutig neben der jungen Frau und ließ sich von ihr durch die Dunkelheit nach Borschemich kutschieren.

»Ins Bermuda-Dreieck«, wie sie scherzhaft gesagt hatte. »Der Ort, der als einer der Ersten um 2005 umgesiedelt werden soll, liegt unmittelbar zwischen drei Autobahnen und leidet zum Teil massiv unter dem Verkehrslärm«, erklärte Gerlinde. Die Bewohner seien verdammt arm dran. Bislang hätten die Behörden auf Lärmschutzmaßnahmen entlang der viel befahrenen Schnellstraßen verzichtet, weil sich die Investition wegen des heranrückenden Tagebaus nicht mehr lohne. Dementsprechend sei es fast unmöglich, ein Wohnhaus auf dem freien Immobilienmarkt zu veräußern. Gleichzeitig sei Rheinbraun aber nicht bereit, den Menschen jetzt schon die Häuser abzukaufen und sie aus ihrer unerträglichen Lage zu befreien, weil noch nicht endgültig sei, ob und wann der Tagebau tatsächlich komme.

Wie schon bei der CDU-Veranstaltung am Vortag in Immerath war der Saal proppenvoll. Viele der Gesichter erkannte Müllejans wieder; offenkundig waren es die betroffenen Menschen längst noch nicht leid, immer wieder aufs Neue über den Tagebau zu diskutieren. Müllejans erblickte Waltermann, der vor einer Bühne eindringlich auf Tuchmacher einredete. Auf der kleinen Plattform saßen an Tischen mehrere Männer, von denen Müllejans zwei unschwer als katholische Geistliche ausmachen konnte.

184

»Das sind unser Regionaldekan und unser stellvertretender Dechant«, klärte ihn Gerlinde auf, »daneben sitzen der Superintendent des evangelischen Kirchenkreises Jülich und der Bildungsreferent der evangelischen Kirche.«

»Und die schlagen sich jetzt die Köpfe ein?« Müllejans verstand nicht den Sinn der Veranstaltung.

»Garantiert nicht«, reagierte Gerlinde überraschend frostig. »Wie vielleicht auch du trotz deiner allumfassenden Ignoranz mitbekommen haben dürftest, sind in den letzten Tagen weitere Genehmigungen zum Betrieb des Tagebaus erteilt worden und auch einige juristische Steine gegen Garzweiler II aus dem Weg geräumt worden. Die Kirchen wollen heute noch einmal ihre Position darlegen und den Leuten hier deutlich machen, dass sie an ihrer Seite stehen. Sie sind der moralische Rückhalt für die Menschen hier.«

»Da kommt doch sowieso nichts außer heißer Luft heraus«, meinte Müllejans skeptisch. »Die reden sich den Mund fusselig und müssen tatenlos ansehen, wie die anderen ihr Scherflein ins Trockene bringen.« Müllejans kam unwillkürlich seine eigene Situation in den Sinn. Er konnte über die Machenschaften von Suhrbach so viel reden, wie er wollte, es würde ihm weder die ehemaligen Grundstücke von Tante Annegret verschaffen noch Suhrbach zu dem Eingeständnis verleiten, sich auf Kosten seiner Mündel bereichert zu haben oder gar das Nummernkonto in Luxemburg preiszugeben. Suhrbach

saß einfach am längeren Hebel, weil er mit den In-
strumentarien seiner Macht spielen konnte, die
man zuerst durchschauen musste und auf die man
allenfalls anschließend mit bescheidenen Mitteln
und fast immer zu spät reagieren konnte.

Ähnlich schien es nach Müllejans' Auffassung bei
der Planung und Nutzung von Garzweiler II zu sein.
Die von der Abbaggerung betroffenen Bürger und
die unverdrossenen Tagebaugegner konnten immer nur hinterherhinken, ohne tatsächlich das Geschehen zu beeinflussen oder zu lenken. Eigentlich,
so dachte sich Müllejans, haben sie nur einmal
deutlich Einfluss nehmen können, als sie der ehe-
mals allein regierenden SPD und der Rheinbraun ho-
fierenden CDU bei der Landtagswahl einen Denk-
zettel verpasst hatten und die Grünen als Juniorpartner in die Regierung gehievt worden waren.
Aber da war es fast schon zu spät gewesen, da hatten die politischen Gremien noch kurz vor der Neu-
wahl des Parlaments gegen den Protest der Um-
weltverbände ihre Zustimmung zu Garzweiler II erteilt. Jetzt konnten die Politiker nur noch kontrollie-
ren oder durch das Herauszögern von Genehmigungen Zeit schinden.

»Woran denkst du?«, fragte Gerlinde den geistig
abwesenden Müllejans. Sie hatte sich neben ihn an
einen Tisch gesetzt.

»Ach, nichts«, antwortete er müde und lächelte
kurz. »Ich habe nur an mein Erbe gedacht und was
ich mit dem Geld machen soll.« Müllejans sah zur

Bühne und hörte Waltermann zu, der die Diskussionsteilnehmer begrüßte.

Mit jedem Redebeitrag wuchs das Interesse bei Müllejans. Ihm imponierten die Positionen, die die Kirchen einnahmen. Es gab wohl, wie er schnell herausfand, eine Aufgabenverteilung zwischen den Schwesterkirchen.

Die Vertreter der evangelischen Kirche hatten sich vornehmlich der drohenden Zerstörung der Umwelt durch den Braunkohletagebau verschrieben. Die katholische Kirche setzte mehr auf die soziale Unverträglichkeit des Projektes.

»Ist doch klar«, sagte ihm Gerlinde. »Die Menschen hier sind fast alle katholisch. Außerdem besitzen die Pfarrgemeinden und das Bistum Aachen etliche Grundstücke, Kirchen und andere Einrichtungen.«

Müllejans nickte und konzentrierte sich auf den Superintendenten.

Der evangelische Pfarrer kritisierte die mangelnden wissenschaftlichen Untersuchungen zur Grundwasserabsenkung, das fehlende Wissen, ob und wie sich der Grundwasserspiegel nach dem Tagebauende entwickeln werde, und die große Unsicherheit über den vermeintlichen Restsee.

»Es geht um den Erhalt der Schöpfung. Wir können die Schöpfung nicht erhalten, wenn wir die Natur unwiederbringlich zerstören«, sagte der Kirchenvertreter. Es sei ein Unding, wenn ein Unternehmen eine Region radikal ausbeuten und zum Schluss ein Riesenloch übrig lassen dürfe, in einer Kulturlandschaft, die seit Jahrtausenden durch den Bördencharakter geprägt sei. »Ich möchte den bundesweiten Aufschrei der Empörung hören, wenn ein Unternehmen die Erlaubnis bekäme, das Steinhuder Meer leer zu pumpen, ohne einen adäquaten Ausgleich zu schaffen, sodass ein riesiges, totes Loch übrig bliebe, oder wenn jemand mitten in einer Urlaubsregion im Schwarzwald die Erlaubnis bekäme, 50 Quadratkilometer dichten Waldes zu roden und nur den nackten Boden zurückzulassen.«

»Hätten wir vor 50 Jahren gedacht, dass es Farbfernseher und Solarenergie geben werde, dass Menschen auf dem Mond oder Sonden auf dem Mars landen werden?« Der Bildungsreferent hatte das Wort übernommen und schüttelte den Kopf. »Aber wir maßen uns an, heute schon zu wissen, wie wir die Welt und die Ökologie in 50 Jahren beherrschen werden.«

Waltermann bremste den Mann, der bei seinem langen Monolog mehr und mehr in polemische Äußerungen verfiel. Man müsse anerkennen, dass die Zusammensetzung der Ausschüsse und Gremien, die den Braunkohlenplan Garzweiler II beschlossen und aufgestellt hätten, rechtmäßig sei, rief er ihm in Erinnerung.

Gerlinde nickte grimmig mit dem Kopf. »Das ist wirklich der größte Treppenwitz. Was in kleinsten Ratsgremien als Befangenheitsgrund zählt, gilt in Ausschüssen, die sich mit der Braunkohle beschäftigen, als profunde Sachkenntnis, auf die man nicht verzichten kann.«

Gerlinde stieß Müllejans wütend an. »Wusstest du eigentlich, dass eine Kommune und Bürger eine Kiesgrube eher verhindern können als einen Tagebau? Das ist nordrhein-westfälisches Planungsrecht, mein Lieber, und da mischst du mit.«

Müllejans winkte mürrisch ab. Er wollte sich nicht darüber unterhalten, er wollte lieber dem Regionaldekan und dem stellvertretenden Dechanten zuhören, die ruhig und besonnen die Position der katholischen Kirche erläuterten. Müllejans spürte, wie sehr die Zuhörer Zuspruch bei den Kirchenvertretern suchten, wie sie ihnen vertrauten und wie sie auf ihre Hilfe bauten.

»Garzweiler II ist nicht sozialverträglich«, hörte Müllejans, »Garzweiler II ist die verwerfliche Ausgeburt einer antiquierten Technologie, eines überholten Fortschrittsdenkens und eines ungehemmten Strebens nach Profit ohne Rücksichtnahme auf Menschen.«

Eine Umsiedlung wegen des Tagebaus dürfe es nur geben, wenn sie nachgewiesenermaßen sozialverträglich sei und von den betroffenen Menschen akzeptiert werde. »Und wir würden sogar das von uns verlangte Opfer der Umsiedlung bringen, wenn man uns plausibel machen könnte, wofür es gut ist, wofür es sich lohnt.« Müllejans war perplex, dass die Menschen begeistert Beifall spendeten. »Aber bisher hat uns niemand sagen können, wofür wir uns opfern sollen. Niemand kann behaupten, dass ohne Garzweiler II in Deutschland die Lichter ausgehen.

Insofern ist der Tagebau nicht zwingend erforderlich.«

Der Geistliche erinnerte an ein Gutachten eines Professors Zlonicky, von dem Müllejans vor Jahren schon einmal etwas gehört hatte. Zlonicky, so sagte der Redner, habe im Auftrag der Landesregierung und Rheinbraun ein Gutachten erstellt, in dem er Kriterien für die Sozialverträglichkeit einer Umsiedlung im rheinischen Braunkohlerevier aufgestellt hatte. »Wenn alle diese Kriterien erfüllt werden, ist die Sozialverträglichkeit gegeben«, sagte der Kirchenmann, und erneut erhielt er großen Beifall. Jedoch hätten Landesregierung und Rheinbraun nicht alle diese Kriterien akzeptiert, sondern nur diejenigen ausgewählt, die ihnen genehm waren und die sie erfüllen konnten, ohne ihre politischen und unternehmerischen Absichten verändern zu müssen. »Damit ist aber zwangsläufig die von Zlonicky definierte Sozialverträglichkeit nicht mehr gegeben.«

Gerlinde rückte wieder näher an Müllejans heran. »Da siehst du, wie es mit den Gutachten ist«, flüsterte sie ihm zu. »Nur die genehmen Gutachten gelten.« Deshalb sei auch die durch ein Gutachten begründete ökologisch-wasserwirtschaftliche Schutzlinie so fragwürdig. Jetzt verstehe er vielleicht auch, warum das Land und die Konzerne nicht die Gutachten akzeptierten würden, die von Unabhängigen oder von Braunkohlegegnern erstellt würden. »Die haben halt nicht die vom Land gewünschten Ergebnisse.«

190

Das gehe sogar so weit, dass ein eigenes Forschungsinstitut des Landes von der Regierung nicht für glaubwürdig empfunden werde. Das Wuppertal-Institut für Klimaforschung habe unaufgefordert und frei von allen Zwängen das Tagebauprojekt untersucht und sei bei seinen Forschungen zu dem Schluss gekommen, dass der Tagebau energiepolitisch nicht erforderlich sei und den festgeschriebenen Belangen des Umweltschutzes zuwiderlaufe.

»Ich kann nur das wiederholen, was der Pope da oben gesagt hat«, meinte Gerlinde. »Es stimmt einfach nicht, dass ohne Garzweiler II in Deutschland die Lichter ausgehen.«

Müllejans hörte Gerlinde nur unkonzentriert zu. Er lauschte gleichzeitig einem Mann, der hektisch aufgesprungen war und sich vehement gegen eine Umsiedlung aussprach. »Ich lasse mich nicht vertreiben. Ich will in meinem Dorf wohnen bleiben und dort neben meinen Eltern begraben werden.«

Ein junger Mann meldete sich zaghaft zu Wort. Er sei aus Neu-Lich-Steinstraß, sagte er leise. Das ursprüngliche Lich-Steinstraß sei wegen des Tagebaus Hambach, dem flächenmäßig größten Tagebau der Welt, abgebaggert und die Einwohner seien umgesiedelt worden. Anstelle der dörflichen Heimat sei eine Stadtrandsiedlung in Jülich entstanden, die nichts mehr mit dem alten Dorf gemeinsam habe. »Mein Vater hat die Umsiedlung nicht verkraftet. Er ist, als er schon in Neu-Lich-Steinstraß wohnte, in sein sterbendes Dorf zurückgefahren und hat sich auf dem Speicher seines ehemaligen Hauses erhängt.«

Das betretene Schweigen hielt lange an.

»Ich habe diese Geschichte auch auf der Anhörung zum Tagebau Garzweiler II in der Erkahalle in Erkelenz erzählt. Da haben tatsächlich einige der Leute auf den Zuhörerbänken nur höhnisch gegrölt und Behördenvertreter haben mich nur ungläubig angegrinst.« Der junge Mann blickte durch die Reihen. »Dieser bedauerliche Selbstmord stünde gewiss nicht mit der Umsiedlung im Zusammenhang, haben sie behauptet. Ein derartiger Zusammenhang sei bisher wissenschaftlich nicht festgestellt worden.«

»Der Zusammenhang ist ja auch überhaupt noch nicht untersucht worden«, rief jemand laut dazwischen.

Der junge Mann ging auf die Bemerkung nicht ein, er kramte in seiner Jackentasche. »Ich habe hier den Abschiedsbrief meines Vaters. Die Behörden wollten ihn nicht haben und wollten auch nicht hören, was darin steht.« Er schluckte. »Ich würde Ihnen gerne den Brief vorlesen, wenn Sie gestatten?« Der Mann atmete tief durch, bevor er begann. Schweigend hörten ihm die Menschen zu, als er von der Hilflosigkeit seines Vaters sprach, die neue, durch die erzwungene Umsiedlung geschaffene Situation zu meistern. »Wofür habe ich gelebt? Damit andere kommen können und mir alles wegnehmen, mir Geld geben können und ich verschwinden muss? Ich weiß nicht, wofür ich gelebt habe. Die Bagger haben mein Leben zerstört. Ich weiß, dass ich meinen ewigen Frieden finden werde. Ich kann nicht mehr leben.« Der junge Mann hielt inne und schüttelte den Kopf. »Ich möchte hier enden.« Er steckte den Brief zurück und sah entschlossen in die Runde. »Ich weiß, was ich zu tun habe. Ich muss kämpfen, gegen die Bagger, gegen den Tagebau Garzweiler II, damit solches nicht noch einmal passiert. Ich bin es meinem Vater schuldig.«

Umzüge

Müllejans hatte große Mühe, seine Gedanken zu sortieren, als er nach der Veranstaltung im Vorraum neben Gerlinde an einer provisorischen Theke stand. Er wollte am Abend noch nach Aachen, um in seiner Wohnung nach dem Rechten zu sehen.

Gerlinde hatte sich sogar bereitwillig angeboten, ihn zu fahren, wollte sich jedoch zuvor noch mit einem Bier erfrischen.

Müllejans fluchte, als er Tuchmacher auf sie zukommen sah.

Der massige Journalist sah zufrieden aus. »Ich habe dem Typen tatsächlich den Abschiedsbrief seines Alten abschwatzen können. Da mache ich 'ne tolle Story draus.«

»Was ist eigentlich aus den anderen tollen Storys geworden, die ich dir gestern gesteckt habe?«, fragte Gerlinde, die bei der Begrüßung betont und auffällig zurückhaltend geblieben war.

Lässig winkte Tuchmacher ab. »Habe noch keine Zeit gehabt, mich darum zu kümmern. Ich habe einfach zu viel zu tun.«

»Für Rheinbraun?« Müllejans war die Frage herausgerutscht, aber Tuchmacher ging nicht darauf ein.

Er übersah Müllejans schlichtweg. In aller Seelenruhe langte er nach einem Bier, das ihm eine Bedienung mit einem freundlichen Lächeln gereicht hatte, drückte geschäftig auf seinem Handy und betrachtete Gerlinde mit sichtlichem Vergnügen. »Ich habe einfach zu viel damit zu tun, mich und meinen guten Ruf zu schützen«, sagte er zu ihr. Sie habe bestimmt auch schon von den ungeheuerlichen Vorwürfen von Berthold Jansen gehört, fragte er Gerlinde, die bejahend nickte. »Ich habe inzwischen herausbekommen, was mit dem Anhänger ist. Er hat ein eigenartiges Kennzeichen gehabt, noch das alte Kennzeichen für Erkelenz, ERK, und dann CH 4.« Die Polizei habe es ihm auf Nachfrage bereitwillig mitgeteilt.

»Wieso?«, fragte Gerlinde verblüfft, »dann ist es doch einfach. Wenn ich das Kennzeichen habe, kenne ich auch den Halter.«

»Eben nicht«, entgegnete der Journalist. »Dieses Kennzeichen wurde Anfang der Fünfziger Jahre ausgestellt, wahrscheinlich für einen landwirtschaftlichen Betrieb, so viel kann das Straßenverkehrsamt in Heinsberg noch herausfinden.« Das ERK-Kennzeichen würde seit der kommunalen Neugliederung

1972 nicht mehr ausgestellt, seitdem gebe es nur das HS. »Da das ERK-Zeichen vor mehr als 40 Jahren ausgestellt wurde, gibt es keine Unterlagen mehr, außerdem war es früher üblich, dass ein Kennzeichen für mehrere Fahrzeuge verwendet wurde. Je nach Bedarf wurden sie von dem Landwirt an einen Traktor oder etwa an einen Anhänger angeschraubt«, schilderte Tuchmacher.

»Damit ist also der Halter des Anhängers nicht mehr identifizierbar«, folgerte Müllejans, der sich sofort ärgerte, dass er das Wort ergriffen hatte.

»Für die Polizei schon«, stimmte ihm der Journalist mit einem breiten Lächeln zu, »aber nicht für mich. Ich habe einmal ein bisschen überlegt, mein Archiv gewälzt und bin über die Dörfer gefahren. Sie werden es nicht glauben, aber ich bin fündig geworden.« Das Lächeln wurde noch breiter. »Auf dem Hinterhof eines leer stehenden Gehöfts, das Rheinbraun schon vor mehr als einem Dutzend Jahren gekauft hat, habe ich einen anderen Anhänger gefunden, der mit dem gleichen Bauschutt beladen war wie der, der Lambert Jansen zum Verhängnis wurde. Er hat das Kennzeichen ERK-CH 5.«

»Was schließt du daraus?«, fragte Gerlinde.

»Ich schließe daraus, dass Unbekannte, weswegen auch immer, den Anhänger geklaut haben. Dann haben sie wohl Pech gehabt, dass ihnen die Ladung abrutschte, als der alte Jansen mit dem Fahrrad vorbeifuhr. Nach dem Unfall sind sie dann abgehauen.«

»Und was bedeutet das für dich?« Gerlinde war gespannt auf die Antwort.

195

»Für mich bedeutet das, dass ich der Polizei vielleicht den entscheidenden Hinweis auf die Spur gegeben habe, die zu den Unbekannten führt, die Lambert Jansen auf dem Gewissen haben«, erklärte Tuchmacher. »Berthold hat jedenfalls inzwischen eingeräumt, mein Engagement für seinen Großvater sei eindrucksvoll. Er hat inzwischen seine böswillige Behauptung über mich zurückgezogen. Und das wollte ich erreichen.«

Gerlinde nickte verständnisvoll. Müllejans schwieg. ›Das eine hat doch nichts mit dem anderen zu tun‹, dachte er sich. Aber das war vielleicht die Wesensart der Menschen. Wenn einer sich so bemüht wie Tuchmacher, dann kann er nichts Schlechtes im Schilde führen.

Tuchmacher lächelte verträumt Gerlinde an. »Was treibst du denn heute Abend noch Schönes?«

»Ich fahre mit Hiero nach Aachen. Er muss seine Zimmerblumen füttern«, antwortete sie lachend und Müllejans registrierte, dass Tuchmacher kurz die Stirn runzelte. Es gefiel dem Journalisten augenscheinlich nicht, dass sich die junge Frau mit Müllejans abgab.

»Du könntest mir aber noch einen Gefallen tun«, bat Gerlinde Tuchmacher mit einem gewinnenden Lächeln. »Wenn du schon so viele Geschichten recherchierst, dann kannst du doch auch einmal bei einem Herrn namens Suhrbach aus Bellinghoven nachforschen. Du erinnerst dich, das ist der frühere

Leiter des Sozialamtes im Niederkrüchtener Rathaus. Ich glaube, der hat verdammt viel Dreck am Stecken.«

Tuchmacher war aufmerksam geworden und hatte interessiert zugehört. »Was hast du mit Suhrbach? Was ist mit dem?«

Das würde sie ihm später berichten, antwortete Gerlinde ausweichend, er solle unbefangen und unvoreingenommen Informationen über Suhrbach sammeln. Später würde sie sich liebend gerne mit ihm austauschen. Noch einmal lächelte sie Tuchmacher an, dann hakte sie sich bei Müllejans unter. »Bevor wir nach Aachen können, müssen wir kurz zu mir. Ich habe etwas vergessen, auf das ich in der Nacht nicht verzichten möchte.« Sie winkte Tuchmacher zu und trat mit Müllejans auf die Straße.

Er atmete tief durch. »Ich kann den fetten Arsch einfach nicht ab.« Er sah Gerlinde zornig an. »Warum hast du ihn auf Suhrbach aufmerksam gemacht. Ich finde das nicht gut.«

Erschreckend stellte er fest, dass er leichte Zweifel an Gerlindes Integrität hegte. Betrieb sie etwa nur ein trickreiches Spiel mit ihm und stand in Wirklichkeit auf Tuchmachers Seite? ›Das kann nicht sein‹, redete er sich ein und ärgerte sich über sich.

»Wieso nicht?« Gerlinde gab sich unbekümmert, sie ließ sich von Müllejans' Verärgerung nicht irritieren. »Vielleicht verschafft der uns die Informationen, die uns helfen, Suhrbach zu knacken.« Ihr Lachen klang wieder hell. »Das wäre doch einfach genial, wenn ausgerechnet Tuchmacher dir dazu verhilft, Suhr-bach kalt zu stellen und an Tante Annegrets Geld zu kommen. Findest du nicht?« Gut gelaunt tanzte sie um Müllejans herum. »Bist du mir etwa böse?«

Wie konnte er bloß? »Natürlich nicht, Lindchen. Schließ den Wagen auf, mir ist kalt!« Müllejans zwängte sich auf den Beifahrersitz und betrachtete mit sichtlicher Freude Gerlinde, die sich anschnallte und den Wagen startete.

»Was sagst du zu der Versammlung? Konntest du überhaupt etwas damit anfangen?«

Schwerlich, bekannte Müllejans. Was war denn schon dabei, wenn man umziehen musste? »Die kriegen doch alle Schotter für ihre alten Hütten und können sich topmoderne kaufen.«

Gerlinde sah ihn verblüfft an. »Umsiedeln ist etwas anders als umziehen. Umsiedeln bedeutet, die Hei-mat zu verlieren, die man nie mehr wiedersehen wird, weil sie von den Baggern aufgefressen wird. Nach einem Umzug kannst du immer wieder zurück in deine Heimat, an deinen Geburtsort, die Stätte deiner Kindheit und Jugend. Umsiedler können das nicht.«

»Aber trotzdem«, meinte Müllejans, »die können sich doch etwas Neues anschaffen.«

»Wer?« Gerlinde starrte ihn ungläubig an. »Ist das dein Ernst?«

Müllejans verzog schweigend sein Gesicht und zuckte mit den Schultern.

»Was ist mit den Mietern, die kostengünstig auf dem ruhigen Land in einem Altbau wohnen? Die kriegen nie wieder eine so günstige Wohnung.« Auch die Hausbesitzer zögen wahrlich nicht das große Los bei einer Umsiedlung. »Das ist ein großes Märchen, dass sie richtig abkassieren könnten.« Bei der Umsiedlung gebe es festgelegte Preise und klare Vorgaben. »Viele Hausbesitzer auf den Dörfern haben riesengroße Grundstücke geerbt, auf denen renovierte Altbauten stehen. Ein gleich großes Grundstück könnten sie anderswo überhaupt nicht mehr bezahlen und die am Umsiedlungsstandort angebotenen haben alle eine Maximalgröße. Da kann es dir durchaus passieren, dass du gezwungen bist, dich mit einem Handtuch zufrieden zu geben, wenn du früher einen Tennisplatz besessen hast.« Außerdem gebe es Geld für die Häuser nur unter bestimmten Bedingungen. »Wenn du einen Altbau von 250 Quadratmetern hattest, bekommst du nicht das Geld, um dir einen großen Neubau zu leisten, den du eigentlich gar nicht haben wolltest.«

Alt gleich neu, diese Formel gelte leider nicht für die genötigten Umsiedler. Die meisten Umsiedler müssten zubuttern, wenn sie neu bauten. »Die haben auf einmal Schulden, die sie vorher nicht kannten.«

Er solle einmal nach Neu-Lich-Steinstraß fahren, schlug sie vor. Da bekäme er das Musterbeispiel für eine misslungene Umsiedlung frei Haus geliefert. »Es hat gewiss auch Glücksritter gegeben, die sich verbessert haben«, fügte sie hinzu, »Neu-Garzweiler ist sicherlich auch besser gelungen als Neu-Lich-Steinstraß.« Aber die alten Dörfer gebe es nicht mehr. »Wir haben bei uns Dörfer, die sind wie Borschemich oder Holzweiler 1100 Jahre alt. Die werden mit einem Radikalschlag weggeputzt.«

Stattdessen würden Siedlungen vom Reißbrett entstehen, in denen beispielsweise die Bauern gänzlich fehlten. »Die haben mangels Pachtland ihren alten Betrieb aufgegeben oder sind in Weiler ausgelagert worden. Außerdem fehlt dann so manche vertraute Kneipe und so mancher verstaubte Tante-Emma-Laden.« Man spreche zwar immer von einer geschlossenen Umsiedlung eines Dorfes, aber dies funktioniere nur in der Theorie. »Die dörfliche Gemeinschaft geht jedenfalls kaputt, ebenso wie die Heimat und die Tradition.«

Eine Umsiedlung sei nun einmal kein Umzug, wiederholte Gerlinde, sie sei tatsächlich eine Vertreibung aus der Heimat. »Du wirst 20 oder 30 Kilometer weiter nach Osten oder Westen verpflanzt, musst dafür auch noch bezahlen und darfst hautnah miterleben, wie deine vertraute Umgebung nach und nach zerstört wird. Daran denkt keiner der Großkotze aus der Großstadt, die Umsiedlung als kleines, gut dotiertes Übel ansehen.«

Gerlinde hielt kurz an der Kreuzung an und steuerte den Wagen über eine vorfahrtsberechtigte Straße, ehe sie weiter nach Keyenberg fuhr. Auf der linken Seite liege der Friedhof, deutete sie Müllejans an, der aber in der Finsternis der Nacht nichts erkannte. »Ein Genosse aus Aachen, der im Braunkohlenausschuss sitzt und zugleich einen Job beim RWE hat,

hat übrigens einmal gesagt, er könne mit den Umsiedlern mitfühlen, er sei auch einmal innerhalb von Aachen umgezogen, von der linken Straßenseite auf die rechte. Im Prinzip sei eine Umsiedlung nichts anderes. Man wechsele nur die Wohnungen.« Gerlinde sah Müllejans erregt an. »Weißt du, was das für mich ist? Das ist blanker Hohn, das ist pure Menschenverachtung. Der Typ hat keine Ahnung von dem, was Heimat ist.«

Müllejans fiel es schwer, Gerlinde zu folgen. Was war schon dabei, in ein neues Haus einzuziehen, wenn es unbedingt sein musste?

»Es muss aber nicht unbedingt sein«, widersprach Gerlinde vehement. »Hast du es schon wieder vergessen, dass in Deutschland kein Licht ausgeht, wenn Garzweiler II nicht kommt? Die Leute hier wollen ihr Häuschen, ihren Garten, ihren Verein, ihre Dorfkirche. Die haben genauso eine Tradition wie du alter Öcher auch.« Sie lächelte Müllejans an. »Oder könntest du bereitwillig deine Zelte in Aachen abbrechen und nach Düsseldorf ziehen, nur weil ein anderer davon einen finanziellen Vorteil hat, während du hingegen auch noch materielle Nachteile in Kauf nehmen musst?« Sie schmunzelte. »Du fängst doch schon an, Suchterscheinungen zu haben, wenn du zwei Tage lang nicht die Glocken vom Aachener Dom hörst. Aber dir ginge es immer noch besser als den Umsiedlern, denn du könntest immer wieder von Düsseldorf nach Aachen fahren, um die Heimat und die alten Freunde zu besuchen.

Die Umsiedler hier können das nicht mehr, sie haben keine Heimat mehr.«

Müllejans starrte stumm auf die pechschwarze, kurvenreiche Straße, die nur spärlich in der Dunkelheit von den Scheinwerfern des Kleinwagens ausgeleuchtet wurde. Er erinnerte sich an seine Gedanken, die er sich bei der Durchsicht des Exposés über Tante Annegrets Haus gemacht hatte: Aachen war seine Heimat, Aachen würde immer seine Heimat bleiben. Auf Dauer außerhalb von Aachen zu wohnen oder wohnen zu müssen, war für ihn unvorstellbar. Um nichts auf der Welt würde er seine Heimat verlassen, sagte er sich, während er in die stockfinstere Nacht hinausschaute.

›Wir müssen uns auf der Straße befinden, auf der Baumhäuser tödlich verunglückt ist‹, dachte er sich. Er erstarrte, spürte die Bitterkeit in seinem Rachen und das jähe Verkrampfen seiner Muskulatur, als plötzlich aus dem Nichts heraus nur wenige Meter vor ihm mehrere Scheinwerfer auftauchten, deren grelles Fernlicht ihn blendete. Das laute Dröhnen einer mächtigen Hupe betäubte ihn.

Frontal schoss ein gewaltiges Fahrzeug auf den Fiesta zu.

Gerlinde schrie schrill auf und riss das Steuer nach rechts. Haarscharf schrammte sie an dem Truck vorbei, der so überraschend vor ihnen erschienen war. Mit den Rädern kam sie von der Fahrbahn ab, immer schneller näherte sich der Fiesta dem Seitengraben. Den Straßenbaum, der an ihnen vorbei-huschte, nahm Müllejans nur schemenhaft zur Kenntnis.

Gerlinde hatte mit aller Kraft auf die Bremse getre-ten, doch raste der Fiesta scheinbar unaufhaltsam weiter. Er kippte seitwärts in den Graben und rutschte dort auf der Beifahrerseite weiter; eine Ewigkeit lang, wie es Müllejans vorkam. Endlich hörte das dumpfe Poltern auf, war der Wagen zum Stillstand gekommen. Schräg lag der Fiesta im Stra-ßengraben, die Motorhaube war aufgeflogen, die Räder auf der linken Seite drehten sich noch eine Weile.

Schließlich war es still, beklemmend still.

»Lebst du noch, Hiero?« hörte Müllejans endlich Gerlinde ängstlich fragen. Er war eingezwängt zwi-schen Sitz und Armaturenbrett, lag fast bewegungs-los auf der Beifahrertür und spürte Gerlinde, die seitlich auf ihm lag.

»Ja, Lindchen, ich bin okay.« Müllejans verspürte keinen Schmerz. Offenbar hatte er verdammtes Glück gehabt. Er war zwar eingeklemmt, mehr war ihm aber nicht passiert. Er musste warten, bis Ger-linde sich befreit hatte und anschließend ihm half.

»Und was ist mir dir?«

Gerlinde seufzte erleichtert. »Mir geht es gut, denn du bist bei mir.«

Müllejans spürte, wie die Frau sich leicht bewegte. Sie stöhnte. »Ich muss ruhig liegen bleiben, sonst habe ich Schmerzen.«

»Dann warten wir halt, bis jemand kommt und uns hilft.« Müllejans wunderte sich über die Ruhe, die er ausstrahlte, und er wusste, dass er diese Ruhe beibehalten musste, bis sie aus dem Wrack befreit waren. »Lindchen, es wird alles gut werden.«

Er blickte in den Rückspiegel, der ihm die Sicht nach hinten auf die Straße erlaubte. Müllejans erkannte einen Lastwagen, der rund 50 Meter entfernt auf der Gegenfahrbahn geparkt war. Das musste der Truck sein, der ihnen ohne Licht entgegengefahren war und sie dann unvermittelt geblendet hatte, schoss ihm durch den Kopf. Er beobachtete zwei Männer, die ausgestiegen waren und nun mit Taschenlampen in die Richtung des Fiestas leuchteten. Langsam näherten sie sich, ein großer Mann und ein kleiner, der anscheinend hinkte.

Müllejans spürte das Pochen seines Herzens und eine einsetzende Atemlosigkeit. Er bekam Angst, denn er hatte im Licht der Taschenlampen erkannt, dass die Männer Benzinkanister mit sich trugen. Vergeblich versuchte er sich zu bewegen.

Gerlinde reagierte nicht auf seine hektischen Verrenkungen. Sie war ohnmächtig geworden, bekam nicht mit, dass die beiden Männer ihnen nicht helfen, sondern sie vielmehr abfackeln wollten.

›Die verbrennen mich bei lebendigem Leibe‹, dachte Müllejans voller Panik. Mit weit aufgerissenen Augen verfolgte er die Männer, die immer näher kamen, plötzlich aber stehen blieben und schnell zu ihrem Lastwagen zurückliefen. Sie schalteten die Beleuchtung aus und fuhren los.

Wenige Augenblicke später wurde die Fahrertür geöffnet, ein besorgter Mann schaute in den Wagen. »Meine Frau holt sofort Hilfe« , sagte er beruhigend zu Müllejans, »ich bleibe solange bei Ihnen.«

Raffgier

Gerlinde hatte es bei dem dramatischen Zwischenfall weitaus schlimmer erwischt als Müllejans. Während er mit leichten Prellungen aus dem Wagen geborgen wurde, diagnostizierten die Ärzte im Erkelenzer Hermann-Josef-Krankenhaus bei ihr einen Bruch des linken Schienbeins, etliche Stauchungen und ein Schleudertrauma. Sie würde mindestens zwei Wochen im Krankenhaus verbringen müssen, wurde ihr angedeutet. Müllejans hingegen durfte bereits am Sonntag wieder das Krankenhaus verlassen und konnte am nächsten Tag zum Dienst nach Düsseldorf fahren.

»Du bist halt ein echter Glückspilz«, hatte Gerlinde mit einem müden Lächeln gesagt, als sie die Untersuchungsergebnisse des Krankenhauses erfahren hatte. Ihre Version, sie seien absichtlich von einem Lastwagen attackiert worden, der sie rammen wollte, wollten die Polizisten nicht so recht glauben. Für sie war der Sachverhalt eindeutig, als sie an der Straße ankamen: Das Liebespaar hatte während der

Autofahrt weniger auf die Straße als auf sich geachtet und war dabei im Straßengraben gelandet. Auch die ersten Helfer am Unfallort hätten keinen Hinweis auf den ominösen Lastwagen gegeben. Das angebliche Attentat sei eine durchsichtige Schutzbehauptung, nahmen die Polizisten an, die einen Unfall registriert hatten.

»Das war kein Unfall, das war nie und nimmer ein Unfall«, ereiferte sich Gerlinde jedes Mal, wenn sie auf die nächtliche Szene zu sprechen kam. »Da hat uns jemand absichtlich ins Jenseits befördern wollen. Oder?«

Müllejans stimmte ihr zu. Für ihn hatte der nächtliche Zwischenfall eindeutig den Charakter eines Attentats. Den eigentlichen Grund, der ihn zu dieser Annahme brachte, hatte er Gerlinde verschwiegen. Er hatte nur Grundler von seiner Beobachtung berichtet, der daraus sofort dieselbe Folgerung gezogen hatte.

»Welch ein Zufall«, hatte Grundler ironisch angemerkt, als ihn Müllejans nach dem Dienst in der Kanzlei an der Theaterstraße besuchte. »Auf einer Straße gibt es nur wenige hundert Meter voneinander entfernt binnen weniger Tage zwei vermeintliche Unfälle. Einmal brennt ein Fahrzeug aus, das andere Mal wird ein Brand nur durch einen glücklichen Zufall vereitelt. Ich möchte mir nicht vorstellen, was passiert wäre, wenn deine Helfer nur wenige Minuten später angekommen wären.« Grundler hatte Müllejans ernst angesehen. »Hiero, weißt du, was ich denke?«

206

Müllejans konnte seinem Freund die Antwort geben: Baumhäuser war nicht bei einem Unfall ums Leben gekommen, sein Tod war als Unfall inszeniert worden. »Er ist ermordet worden.«

Es hätte nicht viel gefehlt und ihn hätte dasselbe Schicksal ereilt.

»Warum?«,, fragte er Grundler. »Warum haben die es auf Baumhäuser und jetzt auf mich abgesehen?«

»Wieso auf dich?« Grundler hatte ihn verwundert angesehen. »Wieso nicht auf deine Freundin? Du bist vielleicht nur ein zufälliges Opfer.«

Müllejans dachte nach. »Wie dem auch sei, Tatsache ist, dass Gerlinde eingeschüchtert, bedroht und beinahe getötet wurde, seitdem sie mit mir zusammen ist. Hat man es auf sie abgesehen oder will man mich isolieren? Was steckt dahinter?«

»Eifersucht?«

»Kann ich mir nicht vorstellen. Gerlinde wurde aufgefordert, ihre Nase aus Dingen zu lassen, die sie nichts angehen und die mich betreffen. Damit war nicht Eifersucht gemeint. Damit waren meine Belange gemeint, meine Erbschaft und meine Nachforschungen wegen dieser Erbschaft.«

»Womit wir wieder bei dem untergetauchten Suhrbach wären«, sagte Grundler.

»Und dem unbekannten Dritten«, setzte Müllejans den Satz fort.

»Der wahrscheinlich von Baumhäuser Geld bekommen hat«, fügte Grundler hinzu, »und der zuerst Baumhäuser ins Jenseits befördert hat und dich mitsamt Gerlinde hinterherschicken wollte.« Er erhob sich aus seinem Schreibtischsessel und geleitete Müllejans zum Ausgang. »Sage deiner Zaubermaus, ich würde sie am Sonntag besuchen.« Er bemerkte das irritierte Flackern in Müllejans' Augen. »Keine Bange, mein Freund. Erstens kommt Sabine mit und zweitens will ich von ihr alle Informationen, die du mir vorenthältst.«

»Welche denn?«

Grundler lachte. »Allein deine Frage zeigt mir, dass es Dinge in deinem Umfeld gibt, die du nicht kennst oder nicht beachtest.«

Auf Gerlindes Bitte blieb der Besuch bei Grundler der einzige Abstecher von Müllejans nach Aachen. Er übernachtete in ihrer Wohnung und verbrachte die meiste Zeit an ihrem Krankenbett. Immer wieder sprachen sie über ihre gemeinsamen Erlebnisse, ohne zu einer Antwort auf die Frage zu kommen, wer was von ihnen wollte.

Für Erstaunen hatte nur ein Journalist gesorgt, der bei Gerlinde angerufen hatte und sich den Unfall schildern ließ. Warum er danach frage, hatte sie wissen wollen und er hatte geantwortet, es sei doch erstaunlich, dass sich die Landstraße zwischen Keyenberg und Kaulhausen zu einem Unfallschwerpunkt entwickelt habe. Aber auch er ließ durchblicken, dass er der Version mit dem unbeleuchteten Lastwagen nicht so recht glauben wollte.

Ein ungläubiges Kopfschütteln hatte auch Tuchmacher übrig, als er Gerlinde am Sonntag besuchte. Er hatte den Zeitpunkt abgepasst, als Müllejans sich zum Mittagessen in ein Restaurant in der Fußgängerzone aufgemacht hatte. Interessiert hörte er ihrer Schilderung zu. Mehrfach hatte er fragend nachgehakt und dann verständnislos geschwiegen. Tuchmacher hatte sich am Fußende auf die Bettkante gesetzt und streichelte über ihr eingegipstes Bein. Lange und intensiv redete er mit Gerlinde und bekam nicht mit, dass sich hinter seinem Rücken leise die Schiebetür zum Krankenzimmer geöffnet hatte. Es dauerte eine Zeit, ehe er Gerlindes vergnügtes Schmunzeln richtig verstand. Als Tuchmacher sich umblickte, sah er Grundler, der lässig in einem Stuhl hing und seinen Kopf auf dem Arm abgestützt hatte. »Sehen Sie nicht, dass Sie stören«, fauchte der Journalist den gelangweilt aus dem Fenster blickenden Grundler an. »Verschwinden Sie gefälligst!«

Grundler grinste ihn herablassend an. »Ich bin nicht die weite Strecke von Aachen in die Provinz nach Erkelenz gefahren zu einem vertraulichen Gespräch mit meiner Mandantin, um mich dann von einem wildfremden Menschen vertreiben zu lassen. Wer sind Sie überhaupt?«, bemerkte er ruhig und langsam. Er musterte Tuchmacher spöttisch und erhob sich. »Wenn einer auf der Stelle dieses Krankenzimmer verlässt, dann sind Sie es, mein Herr.« Gemächlich ging er zur Tür und öffnete sie. »Auf Wiedersehen. Aber dalli, dalli!«

Tuchmacher schaute verunsichert zwischen Gerlinde und Grundler hin und her. »Was wird hier gespielt? Wer ist dieser Kerl?«

Gerlinde lächelte ihn an. »Du hast es doch gehört. Das ist mein Anwalt. Er will unter anderem Strafanzeige wegen Mordes erstatten.« Sie schluckte. »Ein Kollege von dir recherchiert übrigens inzwischen in diese Richtung«, sagte sie zu Tuchmacher und sah ihn entschuldigend an. »Wenn mein Anwalt mich unbedingt unter vier Augen sprechen will, dann ist es wohl besser, wenn du jetzt gehst.«

Grundler hatte sich Tuchmacher genähert und ihm eine Visitenkarte gereicht, die der Journalist mit grimmiger Miene las.

»Noch so ein schmieriger Winkeladvokat«, knurrte er beleidigt. Schwerfällig erhob er sich von der Bettkante, verärgert musterte er den gelassen wirkenden Grundler und verabschiedete sich im Gehen frostig von Gerlinde, die ihm halbherzig nachwinkte.

»Puh«, sagte sie aufatmend, als Tuchmacher im Flur verschwunden war. »Gut, dass du gekommen bist. Der ging mir langsam auf die Nerven.« Sie griff strahlend nach Grundlers Hand. »Wo ist eigentlich Hiero?«, fragte sie.

»Den Hampelmann habe ich mit Sabine in ein Eiscafé geschickt«, antwortet Grundler vergnügt. »Der ist jetzt vollauf beschäftigt. Ich wollte mich ungestört mit dir unterhalten, dabei hätte er nur dumm dazwischengefunkt.« Er holte sich einen Stuhl und setzte sich neben das Krankenbett.

»Na, dann los!« Gerlinde richtete sich auf und griff nach einem Glas auf dem Beistellschränkchen. »Welche Geheimnisse soll ich dir verraten?«

»Hattest du etwas mit dem Fettsack?«

210

Gerlinde hielt in der Bewegung inne. »Wie kommst du bloß darauf?«, fragte sie entgeistert zurück. »Ich leide doch nicht unter Geschmacksverirrung.« Sie nahm einen Schluck. »Obwohl er mir schon seit langem hinterherläuft. Den könnte ich leicht um den kleinen Finger wickeln.«

›Wie so viele Männer‹, dachte sich Grundler insgeheim. Gerlinde war halt der sympathische Frauentyp, der Männern durch seine unbekümmerte, offenherzige Art schnell den Kopf verdrehen konnte.

»Alle Welt glaubt, ich sei auf Männer scharf. Das stimmt überhaupt nicht.« Gerlinde sah Grundler mit einem unschuldigen Augenaufschlag an. »Ich bin doch nur eine kleine, schwache Frau.«

»Oje«, entfuhr es Grundler spontan, »das zu glauben, fällt nicht nur mir verdammt schwer. Du bist viel zu attraktiv, um Männer wegschauen zu lassen, und das weißt du auch ganz genau. Und du bist schlau genug, um deine Attraktivität gut einzusetzen, um deine Ziele zu erreichen.« Er schmunzelte. »Es ist einfach unmöglich, dich nicht zu mögen, Lindchen.«

Gerlinde spürte, wie sie errötete. Sie zupfte verlegen an ihrem kurzen Haar und biss sich auf die Lippen, während Grundler sie unverschämt direkt angrinste.

»Stimmt doch, oder?«, fragte er vergnügt. »Was ist also mit dem Fettsack?«

Gerlinde lehnte sich seufzend ins Kopfkissen zurück. »Er will mich unbedingt heiraten. Obwohl ich ihm immer wieder einen Korb gegeben habe, überhäuft er mich mit Geschenken. Gerade noch, kurz bevor du gekommen bist, hat er mir eine Anstellung in seinem Pressebüro angeboten. Dort würde ich doppelt so viel verdienen wie jetzt im Rathaus.«

»Und?«

»Ich habe natürlich abgelehnt.«

»Wegen Müllejans?«

Gerlinde lachte auf. »Nicht wegen Müllejans, sondern, weil ich nicht will. Ich lasse mich nicht kaufen«, sagte sie überzeugend. »Müllejans hat damit nichts zu tun. Er ist ein anderes Thema.« Sie sah Grundler fest in die Augen. »Ich glaube, ich habe mich schrecklich in ihn verliebt.«

Grundler räusperte sich. »Lass uns von etwas anderem sprechen«, schlug er rasch vor. »Was ist alles passiert?« Er wollte ihre Sicht der Dinge und ihre Meinung dazu hören.

Ausführlich berichtete ihm Gerlinde über die Geschehnisse der letzten Zeit.

Grundler hörte interessiert zu. »Wie war das eigentlich mit Müllejans?«, fragte er schließlich. »Wann hast du ihn das erste Mal getroffen?«

Die junge Frau im Krankenbett lehnte sich zurück und blickte zur Decke. Ihr wurde bewusst, dass sie darüber bisher noch nicht gesprochen hatte. Sie schilderte lange die Dinge, die sie bei ihrem ersten Bericht übersprungen oder nicht bedacht hatte.

»So ist das halt«, kommentierte Grundler anschließend zufrieden, »es gibt so viele Selbstverständlichkeiten für dich und auch für Müllejans, dass ihr sie nicht auf Anhieb berichtet. Für einen Außenstehenden wie mich können sie aber von Bedeutung sein, um euch zu helfen. Deshalb fragte ich nach.« Er sah Gerlinde aufmunternd an. »Dasselbe werde ich auch noch mit Müllejans machen.«

»Warum?«

Grundler betrachtete die Frau mit einem ernsten Blick. »Weil ich es einfach nicht leiden kann, wenn ein Affenarsch meine zweitliebste Freundin und meinen zweitbesten Freund terrorisiert.«

Erneut schoss Gerlinde die Röte ins Gesicht, sie war froh, dass die Zimmertür geöffnet wurde und weiterer Besuch kam.

Sabine und Müllejans waren kaum eingetreten, da drängte Grundler Müllejans auch schon wieder hinaus.

Er müsse mit ihm ein Gespräch unter Männern führen, sagte er. »Wenn der fette Fleischklops noch einmal kommen sollte, schmeißt ihn hochkantig raus!«, rief er den Frauen noch zu. »Ich kann den Arsch nicht leiden.«

Das ausführliche Gespräch mit Grundler ging Müllejans auch während der Arbeit nicht aus dem Kopf. Der Freund hatte ihn nach Begebenheiten gefragt, die Müllejans banal und nebensächlich erschienen waren oder an die er sich erst bei Nachfragen erinnerte. Müllejans konnte sich keinen Reim aus den Fakten und Kombinationen machen, die Grundler mit ihm diskutiert hatte. Letztendlich drehten sich alle Gedanken um einige wenige Fragen: Wer hatte ihn und Gerlinde töten wollen? Stand das Attentat auf sie im Zusammenhang mit seinem Erbe? Steckte dahinter eventuell der Schurke, der auch Baumhäuser auf dem Gewissen hatte, und war er identisch mit dem unbekannten Gesellschafter, der mit Schmitz und Suhrbach paktierte? Oder war gar Suhrbach der Täter?

Müllejans stocherte lustlos in seinem Kantinenessen herum und winkte Michels herbei, der mit einem beladenen Tablett in der Hand nach einem Platz Ausschau hielt.

Was die Versetzung mache, wollte der Kollege wissen, aber Müllejans musste ihm die Antwort schuldig bleiben. Daran hatte er wirklich nicht gedacht während der turbulenten Zeit mit Gerlinde, bekannte er für sich. Darauf war er aber auch nicht angesprochen worden während der letzten Tage.

Es ginge gewiss alles seinen gründlichen behördlichen Gang, meinte Michels, der genüsslich das Essen in sich hineinschaufelte. Unvermittelt hielt er inne. »Wusstest du schon«, begann er und Müllejans vermutete, dass Michels wieder mit dem üblichen Ministeriumsgetratsche loslegen würde. »Wusstest du schon, dass unser guter Baumhäuser einen Ghostwriter hatte?«

»Einen, was?«, fragte Müllejans zurück, obwohl er die Frage verstanden hatte.

»Einen Redenschreiber, der alle die schönen Reden zu Papier gebracht hat, die unser beliebter Superpolitiker dann lauthals im Landtag und anderswo gewünscht oder ungefragt vom Stapel gelassen hat.«

Davon war ihm nichts bekannt, gab Müllejans unumwunden zu. »Das tun bekanntlich viele unserer Nichtssager und Vielversprecher. Das ist doch nicht verboten.«

»Selbstverständlich nicht.« Michels schluckte. »Ich finde es nur erstaunlich, dass Baumhäuser sein Geheimnis so lange hüten konnte. Fast zehn Jahre lang hat ein früheres Mitglied der Landespressekonferenz für ihn geschrieben. Das ist jetzt erst herausgekommen, weil man beim Aufräumen in Baumhäusers Büro in den Aktenordnern Unterlagen darüber gefunden hat.« Michels griff zum Dessert. »Vor wenigen Monaten hat der Ghostwriter dann seine Tätigkeit beendet. Baumhäuser fühlte sich wohl inzwischen geeignet genug, um ohne fremde Hilfe sachgerecht über die Braunkohleproblematik sprechen zu können.« Er grinste. »Seine Partei war davon nicht so überzeugt. Sie hat deshalb deinen Amtsnachfolger schon vor einem halben Jahr ins Ministerium holen wollen, quasi als Vorlagengeber für Baumhäuser. So wird jedenfalls gemunkelt«, fügte er schnell hinzu.

»Wer hat denn für Baumhäuser geschrieben?«, fragte Müllejans neugierig.

Michels zuckte bedauernd die Schultern. »Das weiß ich noch nicht. Aber ich bekomme es garantiert raus, und wenn ich es weiß, sage ich dir selbstverständlich Bescheid. Du weißt doch, es gibt kein Geheimnis, das auf Dauer ein Geheimnis bleibt.« Er betrachtete Müllejans fragend. »Warum willst du das eigentlich wissen?«

Müllejans winkte ab. »Ach, nur so. Es interessiert mich halt.«

Nachdenklich ging Müllejans in sein Büro zurück und ließ sich mit der Verwaltung des Landtags verbinden. Ob es möglich sei, ihm eine Liste der Mitglieder des Landespressekonferenz zu besorgen, eine aktuelle und eine, auf der alle Mitglieder der letzten fünfzehn Jahre aufgeführt waren, fragte er höflich nach.

Das sei wirklich eine der leichtesten Aufgaben, wurde ihm optimistisch mitgeteilt. Tatsächlich lagen schon eine halbe Stunde später die angeforderten Papiere vor ihm.

Müllejans las viele bekannte Namen, an die er sich noch aus seiner Studentenzeit erinnerte. Er strich sie aus, wenn sie schon seit Jahrzehnten ununterbrochen verzeichnet waren oder erst in der jüngsten Zeit hinzugekommen waren. Immer enger zog sich der Kreis um die Namen, die schließlich übrig blieben. Zwei Mitglieder waren nach langer Tätigkeit vor zehn beziehungsweise neun Jahren aus der Landespressekonferenz ausgeschieden. Einer der beiden Männer war inzwischen verstorben, wie Müllejans wusste, der Name des anderen gab ihm zu denken.

Entschlossen griff er zum Telefon und informierte Grundler über seine Entdeckung.

»Das ist doch wenigstens etwas, woran wir uns festhalten können«, frohlockte der Anwalt. »Selbst eine vermutlich falsche Fährte ist immer noch besser als gar keine und bringt uns vielleicht sogar auf eine richtige. Ich bin stolz auf dich, mein Freund«, lobte er Müllejans. Er würde ihn gerne besuchen und käme selbstverständlich auch nach Erkelenz. »Deine Freundin soll auch einmal einem schönen Mann begegnen.«

Spiegelfechtereien

Am Krankenbett von Gerlinde redeten die beiden nicht über die neue Spur. Grundler hörte schmunzelnd zu, wie die junge Frau wortreich dem bisweilen unbeholfenen Müllejans zu erklären versuchte, wie er mit ihrer Waschmaschine arbeiten müsse. »Müllejans, du bist so umständlich, du musst einfach Oberregierungsrat werden«, stöhnte sie verzweifelt, als sie seinen hilflosen Gesichtsausdruck registrierte, »für das Alltagsleben bist du nicht geschaffen.«
Müllejans atmete erleichtert auf, als er mit Grundler gehen konnte. Sie steuerten ein griechisches Lokal zu Beginn der verkehrsberuhigten Zone an der Aachener Straße an, wo sie auf Waltermann stießen.

»Rein zufällig«, meinte Grundler vergnügt, nachdem sie sich begrüßt und an einen Tisch gesetzt hatten. »Ich habe ihn gebeten, sich mit uns zu treffen«, erklärte er Müllejans.

»Warum?«, fragte Müllejans verwundert. »Kann er uns helfen?«

»Dir vielleicht nicht, aber mir ganz bestimmt«, antwortete Grundler zufrieden. »Ich will endlich wissen, was überhaupt mit dem Tagebau Garzweiler II los ist. Kommt er oder kommt er nicht? Du sagst mir ja nichts«, fügte er vorwurfsvoll an.

»Ist das dein Ernst?« Müllejans wollte Grundler nicht so recht glauben.

»Selbstverständlich«, sagte Grundler trocken, aber er konnte sich ein Grinsen nicht verkneifen.

Während des Essens kam Grundler immer wieder auf den Tagebau zu sprechen und löcherte Waltermann mit Fragen, die der Fachmann geduldig beantwortete.

Müllejans blieb bei der Unterhaltung im Hintergrund. Er kannte bereits die Argumente, die Waltermann zur fehlenden energiewirtschaftlichen Notwendigkeit, zur Gefährdung von Natur und Umwelt und zur sozialen Unverträglichkeit vortrug und er ertappte sich dabei, diese Argumente als schlagkräftiger anzusehen als das Interesse und die Argumente von Rheinbraun und der Landesregierung.

Lediglich einmal wollte er widersprechen, als Waltermann von Humbug sprach, als er den überraschenden Wassereinbruch im Tagebau Hambach erwähnte, durch den angeblich die Aachener Thermalquellen in ihrem Bestand gefährdet gewesen seien. »Dafür gibt es überhaupt keine Beweise«, bemerkte er gelassen. Man müsse die Probleme des Wasserhaushalts sachlich und nüchtern betrachten und anerkennen, dass die Panikmache aus Aachen fehl am Platze sei. »Unsere Gutachter kommen zur gleichen Erkenntnis wie die Gutachter von Rheinbraun und vom Bergamt Düren. Der Austritt ist zwar unerwartet und unvorhersehbar gewesen, aber für das Aachener Thermalwasser ohne nachteilige Auswirkungen.« Waltermann lächelte versonnen. »Leider, müsste ich eigentlich sagen, denn das wäre eine gute Gelegenheit gewesen, das Vertrauen in die Fähigkeiten von Rheinbraun weiter zu erschüttern. Der Wassereinbruch hat allerdings gezeigt, dass die Grundwasserproblematik noch viele Geheimnisse in sich birgt, von denen niemand etwas weiß. Das kann eine fatale Unsicherheit sein.«

»Ist denn der Tagebau überhaupt zu verhindern und wäre es nicht im Sinne der von einer Umsiedlung betroffenen Menschen besser, wenn endlich eine endgültige und abschließende Entscheidung getroffen wird?« Grundler kam wieder auf Garzweiler II zu sprechen.

Der Vorsitzende der Bürgerinitiative stimmte ihm zu. »Sicher wäre eine endgültige Entscheidung das Beste. Aber diese Entscheidung kann nur bedeuten, dass der Tagebau nicht kommt. Denn nur so haben die Menschen eine Zukunftssicherheit.«

Den erstaunten Blick von Grundler deutete Waltermann richtig. »Eine endgültige Entscheidung zu-
gunsten des Tagebaus gibt nur Rheinbraun Pla-
nungssicherheit. Mehr aber auch nicht. Denn diese
Entscheidung würde nur besagen, dass Rheinbraun
den Tagebau aufschließen kann, würde aber nicht
besagen, dass Rheinbraun ihn auch aufschließen
muss. Es gibt nämlich keine vorgeschriebene Zeit-
schiene.« Zwar wolle Rheinbraun um 2005 mit Garzweiler II beginnen, aber dieser Zeitpunkt des Be-
ginns sei schon mehrfach verschoben worden. Deshalb bleibe für die Menschen selbst bei einer end-
gültigen Entscheidung pro Rheinbraun eine läh-
mende Ungewissheit. »Niemand will ihnen definitiv
sagen, ob sie in zehn, fünfzehn oder zwanzig Jahren
umgesiedelt werden müssen oder vielleicht auch
überhaupt nicht. Sie sitzen gewissermaßen auf einem Pulverfass und können nur warten. Die schwe-
bende Ungewissheit ist das Schlimme.« Die betroffenen Menschen könnten ihre Häuser nicht verkaufen, weil sie wegen der Bedrohung durch die
Bagger keine Käufer finden, Rheinbraun würde
ihnen die Häuser nicht abkaufen, weil es noch zu
früh ist. Waltermann schüttelte den Kopf. Rheinbraun lasse sich nicht in die Karten gucken. »Die reden nur von ungefährer Planung. Dass dieses Verhalten an den Nerven der Menschen hier zerrt, wird
nicht berücksichtigt.«
Ob die Genehmigung, den Tagebau in Angriff zu
nehmen, nicht befristet sei, wollte Grundler wissen.

»Das ist ja gerade das Unding«, antwortete Waltermann. »Hier wird eine Erlaubnis erteilt ohne zeitli-
chen Rahmen. Niemand weiß, welche Technik der
Kohleförderung oder der Stromgewinnung in zehn
oder zwanzig Jahren vorhanden ist, aber Rheinbraun hat jetzt schon die Erlaubnis, fünfzig Jahre
lang in der Landschaft herumzuwerkeln und dabei
den Beginn selbst zu bestimmen. Diese zeitliche Ungewissheit macht die Region kaputt, die elende
Hängepartie hat schon seit Jahren die wirtschaftliche Entwicklung gehemmt und sie bleibt gehemmt,
solange keine endgültige Gewissheit gegeben ist.
Diese Gewissheit gibt es aber nur, wenn endgültig
und für alle Zeiten das Projekt zu den Akten gelegt
wird.«

Grundler nickte bedächtig. »Ist denn der Tagebau
überhaupt zu verhindern?«, wiederholte er seine
Frage. »Können Sie den Tagebau verhindern?«

»Ja. Davon bin ich überzeugt.« Waltermann zeigte
sich selbstbewusst. »Zum jetzigen Zeitpunkt des
Verfahrens haben wir als Bürger endlich auch die
Möglichkeit, aktiv und beeinflussend tätig zu werden. Bisher waren die Betroffenen nur unbeteiligte
oder gering beteiligte Dritte. Nunmehr können wir
nach der Zulassung des Rahmenbetriebsplanes
auch juristisch gegen das Projekt vorgehen. Wir
müssen und wir werden durch juristische Schritte,
wie Widersprüche und Klagen über alle Instanzen
hinweg, bei der Genehmigung oder auch möglichen
Enteignungen Zeit schinden. Denn die Zeit läuft für
uns.« Rheinbraun habe schon mehrfach betont,

dass in wenigen Jahren der Start zu Garzweiler II als unmittelbarer Anschluss von Garzweiler I erfolgen müsse, sonst müsse das Projekt gestoppt werden. Das sei in gewisser Weise auch Stimmungsmache, um Politiker zu beeinflussen, behauptete Waltermann. »Bedeutsam ist hingegen, dass mit jedem Jahr, das ins Land streicht, die Braunkohle weniger wettbewerbsfähig wird und zugleich moderne Technologien der Energiegewinnung an Bedeutung gewinnen.« Waltermann lächelte. »Es bleiben im Prinzip vier Möglichkeiten: Entweder erklärt Rheinbraun von sich aus den Verzicht auf Garzweiler II oder die Gerichte erklären, dass das Verfahren rechtmäßig ist und Rheinbraun aktiviert daraufhin den Tagebau oder verzichtet großzügig darauf, oder es gibt ein Urteil, wonach der Tagebau für unzulässig erklärt wird.« Waltermann gab sich kampflustig. »Wir werden vor allen möglichen Gerichten kämpfen gegen das unserer Ansicht nach fehlerhafte Planverfahren, gegen die gesetzlichen Verstöße und gegen die Enteignungen, die Rheinbraun anstrengen muss. Wir müssen nur ein einziges juristisches Verfahren gewinnen, um unser Ziel zu erreichen. Rheinbraun muss hingegen alle gewinnen, um Recht zu bekommen. Und dafür würden wir bis zum Bundesverfassungsgericht gehen, wenn uns nicht zuvor schon ein juristischer Sieg gelingt.«

»Nicht gerade billig, die ganze Sache«, warf Grundler zweifelnd ein.

»Das ist das größte Problem«, bestätigte Waltermann unumwunden, »wir benötigen verständlicherweise Geld für unsere Rechtsmittel.« Er nahm einen kräftigen Schluck aus seinem Bierglas. Es höre sich zwar gut an, wenn Naturschutzverbände oder andere Gruppierungen kämen und ebenfalls mit Prozessen drohten. »Aber man weiß nie, ob den wohltönenden Worten auch tatsächliche Schritte folgen. Ich habe da meine Zweifel.« Er schüttelte den Kopf. »Wir verlassen uns jedenfalls nicht darauf. Wir müssen unseren eigenen Weg gehen.« Er lächelte gequält. »Wir sind eben nicht abhängig wie eine Kommune, die Zuschüsse vom Land beantragt, oder ein Verband, der öffentliche Mittel wünscht, oder eine kirchliche Organisation, die von oben gedeckelt werden könnte. Wir sind nur uns selbst gegenüber verantwortlich.«

Grundler hob die Hand und bremste Waltermann. »Wie sieht es denn mit den Finanzen aus?« Die besten Prozessaussichten wären für die Katz, wenn der Prozess nicht finanzierbar wäre, hakte er nach.

»Ehrlich gesagt, es sieht nicht gut aus«, räumte Waltermann bedauernd ein. »Wir haben unser Spendenkonto, auf das Spendengelder fließen. Aber das langt nicht. Auch der Spendenaufruf von Baumhäuser hat uns nicht die erhoffte Einnahme gebracht.« Außerdem melde das Finanzamt inzwischen schon Zweifel an der Gemeinnützigkeit an. Jahrelang hätten die Bürgerinitiativen damit keine Probleme gehabt, nunmehr sei das Erkelenzer Finanzamt offenbar von der Oberfinanzdirektion Köln aufgefordert worden, die Vereinigungen strenger unter die Lupe zu nehmen. »Das ist kein Zufall«, vermutete Waltermann, da werde von der Landesregierung Druck ausgeübt. »Man glaubt inzwischen auch dort, dass wir Recht bekommen könnten, deshalb wird mit allen Tricks versucht, uns erst gar nicht die Möglichkeit zu geben, unser Recht einzuklagen.« Waltermann sah Grundler und Müllejans mit leichter Resignation an. »Es ist halt alles eine Sache des Geldes, nicht nur Garzweiler II; auch Recht haben und Recht bekommen.«

Schweigend aßen sie zu Ende, wobei Grundler weiterhin Waltermann ständig musterte, und verließen schließlich das Lokal. Als sie sich auf der Straße voneinander verabschieden wollten, erinnerte sich Müllejans an eine Szene in Borschemich. »Worüber haben Sie sich mit Tuchmacher so angeregt unterhalten?«, fragte er.

Waltermann winkte müde ab. »Es ging mal wieder um ein Gerücht. Mir war zugetragen worden, Tuchmacher würde Seminare für Rheinbraun-Mitarbeiter durchführen, in denen er sie im Umgang mit den Medien schult.«

»Was hat er denn gesagt?« Müllejans sah Waltermann aufmerksam an.

»Er hat es als töricht bezeichnet.«

»Also stimmt es nicht?«

»Das weiß ich nicht«, antwortete Waltermann in seiner besonnenen Art. »Im Prinzip hat Tuchmacher viel um den Brei herumgeredet, aber er ist nicht konkret auf das Gerücht eingegangen. Töricht, das kann bedeuten, dass das Gerücht nicht zutrifft, oder töricht kann bedeuten, dass es nicht der Rede wert ist, darüber zu sprechen.« Waltermann streckte die Hand zum Abschied aus. »Aber was soll's? Im Endeffekt stehen wir ohnehin allein.«

»Aber mit Tuchmacher?«, ergänzte Müllejans.

»Das wird sich noch zeigen. Ich glaube erst daran, wenn er seine offen bekundete Ablehnung des Tagebaus auch materiell dokumentiert. Er ist der Einzige aus unseren Initiativen, der trotz vollmundiger Versprechungen bislang noch keine einzige Mark auf unser Spendenkonto überwiesen hat.«

»Was halten Sie von einem Mann namens Suhrbach?« Völlig überraschend hatte sich Grundler in die Unterhaltung eingemischt.

Waltermann dachte kurz nach. »War das nicht der ehemalige Leiter des Sozialamtes in Niederkrüchten? Ich glaube, der war davor in der Erkelenzer Stadtverwaltung beschäftigt.«

Grundler nickte.

»Ich kenne ihn nicht näher. Es soll sich aber um einen sehr honorigen Herrn handeln, habe ich gehört.«

»Und was ist mit Baumhäuser?«

Waltermann verzog die Mundwinkel zu einem leichten Lächeln. »Das war ein Politiker.« Er ließ es dabei bewenden und überließ es den beiden anderen, sich ihren Reim aus dieser Beurteilung zu machen.

Gemächlich schlenderten Müllejans und Grundler durch die feuchtkalte Nacht zum Krankenhausparkplatz.

»Hat dir das Gespräch etwas gebracht?«, fragte Müllejans.

»Ich glaube schon.« Grundler steckte seine Hände tiefer in die Taschen seiner Lederjacke. »Entweder hat es Waltermann faustdick hinter den Ohren und zieht uns alle über den Tisch oder er ist einer der letzten Idealisten.«

»Meinst du, der steckt in der Geschichte drin?«

»Ich will es nicht ausschließen. Der ist mir manchmal zu sauber und zu seriös. Das kann schnell zu einer verräterischen Maske werden.« Grundler schüttelte sich vor Kälte. »Ich kann nur beurteilen, was ich weiß. Und ich weiß, dass ich noch vieles nicht über Waltermann weiß.«

»Und was glaubst du?«

»Ich will glauben, dass Waltermann seriös ist. Aber ich würde dafür nicht meine Hände ins Feuer legen.«

Geldsegen

»Ich habe eine Top-Neuigkeit für dich«, sagte Müllejans aufgeregt, als er Grundler aus seinem Büro anrief.

»Und ich für dich«, entgegnete der Anwalt gelassen. »Da wird es wohl das Beste sein, wenn wir uns treffen. Wir wär's bei deiner Zaubermaus?«

Müllejans willigte spontan ein. Erst nach dem Telefonat wurde ihm bewusst, dass ihr Aufwand, Informationen auszutauschen, übertrieben war. Aber das wog weniger als die Freude, die Gerlinde haben würde, wenn sie beide zu Besuch kamen.

Die junge Frau war ziemlich aufgewühlt, als Müllejans und Grundler an ihrem Krankenbett standen. Auf dem Beistellschränkchen langte sie nach einem Briefumschlag, den sie Müllejans gab. »Lies«, forderte sie ihn auf, »und sag mir, was du davon hältst!«

Neugierig zog Müllejans einen Zettel aus dem Umschlag, der mit Gerlindes vorübergehender Anschrift im Hermann-Josef-Krankenhaus versehen und mit der Post verschickt worden war. Einen Absender hatte Müllejans vergeblich gesucht.

Doch klärte ihn das handschriftliche Schreiben auf. Der Schreiber hatte in einer notariell beglaubigten Form Gerlinde die Vollmacht erteilt, über ein Nummernkonto bei einer Bank in Luxemburg zu verfügen. Auf dem Konto befänden sich rund 50.000 DM, die reichen dürften als Schmerzensgeld und für einen neuen Wagen. Unterzeichnet war der Brief mit lieben Grüßen von Tuchmacher.

Müllejans sah Gerlinde und Grundler stumm an und reichte ihm den Brief weiter. »Was sagst du dazu?«

»Tja«, meinte Grundler nach dem Lesen langsam, »das wär's dann wohl für den Fettsack.« Er schaute gelassen aus dem Fenster in den spätherbstlichen Krankenhauspark. »Wusstet ihr eigentlich, dass Tuchmacher und Schmitz nebeneinander in Herrath wohnten und ihre Büros nebeneinander in einem Geschäftshaus in Wickrath hatten?«

»Was willst du damit sagen?« Müllejans hatte sich zwar seine eigenen Gedanken gemacht, wollte aber wissen, was Grundler dachte.

»Ich will damit sagen, dass Schmitz und Tuchmacher zumindest Nachbarn waren, sich also privat und wahrscheinlich auch geschäftlich gut kannten.« Er drehte sich um und trat ans Krankenbett. »Das Nummernkonto lässt den Schluss zu, dass Tuchmacher nicht ganz astrein ist.«

»Bestimmt ist er der dritte Mann«, platzte Gerlinde dazwischen.

»Vielleicht«, schränkte Grundler ein.

»Wahrscheinlich«, deutete Müllejans an. »Ich habe nämlich heute von meinem Kollegen Michels erfahren, dass Tuchmacher der ehemalige Ghostwriter von Baumhäuser war. Man kannte sich wohl aus der Landespressekonferenz.« Er setzte voraus, dass ihm Grundler und Gerlinde folgen konnten, immerhin hatte er sie darüber unterrichtet, dass Tuchmachers

Name der zweite war, der ihm auf den Listen der Landtagsverwaltung aufgefallen war. »Vor einem halben Jahr ist die Verbindung von Baumhäuser überraschend aufgelöst worden.«

»Und wenig später war der Politiker tot«, meldete sich Gerlinde wieder zu Wort. »Was hat das zu bedeuten?« Sie wendete den Brief in ihren Händen. »Was hat das mit Tuchmacher zu tun? Mit seinem Schreiben verrät er doch nur, dass er nicht koscher ist.« Sie gab Müllejans den Umschlag.

»Er hat nichts mehr zu verlieren«, sagte Grundler bedächtig. »Ich glaube, es wird allerhöchste Zeit, ihn zu besuchen. Hoffentlich kommen wir nicht zu spät.«

Weder in Tuchmachers Büro noch in seiner Wohnung wurde auf das Klingeln des Telefons reagiert. Der Journalist habe sich längst abgeseilt, vermutete Grundler, als er mit Müllejans in Richtung Herrath fuhr.

Müllejans war erstaunt, wie schnell sein Freund den richtigen Weg fand, dann erinnerte er sich, dass Grundler schon einmal in Herrath gewesen war, um die Witwe von Schmitz zu besuchen.

»Da habe ich übrigens Tuchmacher gesehen, als er aus dem Nachbarhaus watschelte und in seinen Wagen einstieg«, sagte Grundler ruhig.

Wie befürchtet, war Tuchmacher nicht daheim. Kurz entschlossen ging Grundler zum nächsten Haus und klingelte.

229

Die Frau, die ihm öffnete, grüßte herzlich. Dann schüttelte sie bedauernd den Kopf, nachdem Grundler sie gefragt hatte. Sie wusste anscheinend nichts von Tuchmachers Aufenthaltsort, vermutete Müllejans richtig.

Schnell fuhr Grundler nach Wickrath und eilte in das Bürohaus. Doch auch dort stieß er auf verschlossene Türen. In den benachbarten Büros wusste niemand etwas über den Verbleib des Journalisten. Er sei am Morgen kurz im Haus gesehen worden, hieß es lediglich. Eine Sekretärin glaubte, beobachtet zu haben, wie Tuchmacher davongefahren sei.

Bedrückt gingen die beiden auf den Ausgang des Bürohauses zu, als ihnen zwei Männer hastig entgegenkamen. Ziemlich unhöflich forderten die beiden auf dem engen Flur Durchlass und drängelten Müllejans und Grundler beiseite.

Grundler sah ihnen verärgert nach und wollte weitergehen, doch hielt ihn Müllejans am Ärmel fest. Er beobachtete gebannt die beiden ungehobelten Kerle, die laut polternd durch das Treppenhaus aufwärts stiegen und längst nicht mehr auf Müllejans achteten, der ihnen folgte. Zielstrebig steuerte das Duo das Büro von Tuchmacher an. Der größere Mann schimpfte vor sich hin, als nach seinem polternden Klopfen die Tür verschlossen blieb. Sein leicht hinkender Begleiter blieb stumm.

»Was ist?«, hatte Grundler gefragt, der gefolgt war und sich neben ihm hinter einer Ecke verbarg.

»Ich glaube, ich kenne die beiden«, hatte Müllejans leise geantwortet. »Die wollten etwas von mir.«

»Und was?«

»Mein Leben.«

Ehe Müllejans sich versah, war Grundler in einem benachbarten Büroraum verschwunden. »Ich muss telefonieren. Halte sie auf!«, hatte er dem Freund noch zugeraunt.

Mit klopfendem Herzen trat Müllejans den Männern entgegen, die sich missmutig von Tuchmachers Büro abgewandt hatten. Mit ungutem Gefühl stellte Müllejans sich ihnen in den Weg. »Nicht so schnell, meine Herren«, sagte er hastig. »Ich muss mit Ihnen sprechen.« Er bemühte sich um einen forschen Tonfall, bekam aber nur ein Krächzen zustande.

»Wieso?« Wieder war es der überraschte, große Mann, der das Kommando übernahm. »Was ist?«

Wie ein Geistesblitz schoss es Müllejans durch den Kopf. »Ich muss Sie wegen Tuchmacher sprechen. Er hat in der Öffentlichkeit behauptet, Sie hätten den alten Jansen auf dem Gewissen. Tuchmacher ist wohl scharf auf die Fahndungsprämie.«

»Der Tuchmacher ist ein Blödmann«, antwortete der Große derb. »Der kann mich mal.«

»Was wollten Sie denn von ihm?« Grundler hatte sich langsam genähert und betrachtete die beiden Männer mit einem grimmigen Lächeln.

»Das hat Sie überhaupt nicht zu interessieren!«, antwortete der Wortführer patzig.

»Das interessiert mich wohl und wird auch die Polizei interessieren«, entgegnete Grundler gelassen.

Müllejans sah ihn verwundert an. ›Was hatte er vor‹, fragte er sich.

Grundler erwiderte seinen Blick und schwieg.

»Tuchmacher hat Sie verpfiffen und sich dann aus dem Staub gemacht.« Müllejans wandte sich wieder den beiden ungeduldigen Männern zu, die weiter wollten. Er schwenkte den Briefumschlag, den Gerlinde von Tuchmacher erhalten hatte. »Hier steht alles drin. Ein Anwalt soll ihn vertreten.« Er deutete kurz auf Grundler, bevor er fortfuhr. »Tuchmacher behauptet, dass Sie den landwirtschaftlichen Anhänger mit dem Kennzeichen ERK-CH 4 gestohlen haben. Die Ladung haben Sie auf Jansen gekippt, der Ihnen auf dem Feldweg begegnet ist.«

»Das Schwein«, stöhnte der kleinere Mann, »das verfluchte, alte Schwein.«

Grundler frohlockte für einen Augenblick, auch Müllejans spürte, dass sein Bluff erfolgreich gewesen war.

»Es war übrigens kein Unfall, behauptet Tuchmacher«, sagte Grundler bestimmt. »Sie sollen Geld dafür bekommen haben, Jansen aus dem Weg zu räumen. 20.000 DM sollen Sie bekommen haben.«

»Stimmt nicht«, platzte der Kleine heraus, »es sind nur 10.000 DM.«

»Halte die Schnauze!«, brüllte sein Kompagnon. Er stieß Müllejans rabiat beiseite und flüchtete durch den Flur.

»Lass ihn laufen«, rief Müllejans Grundler nach, der dem Mann folgen wollte. »Aber du bleibst bitte bei uns«, wandte er sich mit übertriebener Höflichkeit an den zurückgebliebenen Mann, »mit deinem Hinkebein rennst du uns sowieso nicht davon.«

»Nun erzähl' mal, was passiert ist!« Drohend näherte sich Grundler dem Mann, der einen Kopf kleiner war als er. »Wenn du brav bist, tue ich dir auch nicht weh. Oder soll ich ein bisschen mit dem Feuerzeug spielen?«

Der Mann begann zu zittern und zu wimmern. »Ich kann doch nichts dafür. Ich musste doch immer mit.« Er schluckte schwer. »Tuchmacher hat uns in der Hand. Wir haben einmal Mist gebaut mit kleinen Mädchen. Er hat's rausbekommen und erpresst uns jetzt damit.«

»Und deshalb tust du brav und artig alles, was er will?«

Der Mann nickte. »Er sagt, was wir tun sollen und wir machen es.«

»Wie bei Lambert Jansen?«

»Tuchmacher hat gesagt, wir müssen Jansen ausschalten, weil er eine neugierige Plaudertasche sei, die zu viel von seiner Nachbarin wüsste.« Er habe ihnen den Tipp mit dem Anhänger gegeben. Niemand würde herausfinden, woher das Fahrzeug stammte. »Wir sollten den Alten auf dem Feldweg abpassen, ihm einen Ziegelstein über den Schädel ziehen und dann mit Bauschutt überschütten. Es war alles wasserdicht.«

»Warum sind Sie überhaupt hierhergekommen?«, fragte Müllejans zum Verdruss von Grundler, der ihn böse ansah.

»Weil wir das Geld noch nicht haben«, bekannte der Mann, »er sollte es rausrücken.« Eigentlich hätte Tuchmacher ihnen verboten, in sein Büro zu kommen. »Aber wir brauchen die Flocken.«

Nahende Polizeibeamte beendeten das Gespräch. Grundler gab sich ihnen kurz zu erkennen und verlangte die Festnahme des Mannes wegen Mordes und versuchten Mordes. »Er wird Ihnen alles sagen, auch den Namen seinen flüchtigen Komplizen.«

›Verfluchter Mist!‹, schimpfte Grundler vor sich hin, als sie von Wickrath zur Autobahn fuhren. Er wollte nach Aachen und sich mit einem Kommissar austauschen, mit dem er gelegentlich zu tun hatte, hatte er Müllejans erklärt.

Sie schwiegen sich nachdenklich an. Was gab es auch schon zu bereden?

Allem Anschein nach hielt Tuchmacher den Schlüssel zur Lösung der Rätsel in der Hand.

Aber Tuchmacher war ihnen entwischt.

»Verfluchter Mist!«, schimpfte Grundler erneut, aber diesmal laut, als sie auf der Autobahn an der Ausfahrt bei Jülich-Koslar auf die Bundesstraße in Richtung Aldenhoven abgeleitet wurden. In einiger Entfernung zur Ausfahrt in Fahrtrichtung Aachen erkannten sie Fahrzeuge der Feuerwehr und Polizeiwagen. Offensichtlich war wegen eines Unfalls die Autobahn 44 gesperrt worden.

»Muss wohl schon eine Weile her sein«, mutmaßte Müllejans wegen der freien Sicht nach vorne, »wahrscheinlich haben die Grünen die Autofahrer zurückgelotst. Die Sperrung wird wohl noch eine Zeit lang andauern, da hat es bestimmt gewaltig gescheppert.«

Die Zeitung klärte ihn am nächsten Tag bei der Zugfahrt ins Büro auf. Zwischen den Ausfahrten Jülich-Ost und Aldenhoven war ein schwarzer Mercedes mit Höchstgeschwindigkeit gegen einen Brückenpfeiler gerast. Der Fahrer musste auf der Stelle getötet worden sein. Die Feuerwehr hätte die zerfetzte Leiche eines rund 40-jährigen Mannes aus Mönchengladbach mit Schneidbrennern aus dem Wrack heraustrennen müssen. Entweder habe der Mann einen Herzinfarkt am Steuer erlitten oder er habe, so schrieb das Blatt ohne Hemmung, Selbstmord begangen. Es sei bei den Bergungsarbeiten erstaunt festgestellt worden, dass der Fahrer wahrscheinlich nicht angeschnallt und der Airbag vermutlich außer Betrieb gesetzt worden war.

Der kalte Wind peitschte den Regen über den Friedhof von Keyenberg und gegen die wenigen Trauergäste, die Tuchmacher das letzte Geleit gaben.

Gerlinde humpelte in der Begleitung von Müllejans an Krücken hinter dem schlichten Sarg her, der von den Mitarbeitern eines Bestattungsinstituts auf einem schwarzen Holzkarren gezogen wurde.

Der Geistliche hatte sich fest in seinen Mantel eingehüllt und mahnte zur Eile. Mit salbungsvollen Worten hatte er zuvor in der Kapelle das segensreiche Schaffen des viel zu früh aus dem Leben geschiedenen Menschen gewürdigt. Tuchmacher

würde eine Lücke hinterlassen, als aufrechter, uner-
schrockener Journalist habe er sich stets um Wahr-
heitsfindung bemüht. Der Kampf gegen Garzweiler
II habe seine engagierte Arbeit in den letzten Jahren
geprägt, so sei es selbstverständlich, dass man seinem letzten Wunsch entspräche und ihn dort beer-
dige, wo er hoffentlich für immer seine ewige Ruhe
finde. Begraben in einem Gebiet, das einmal als
Garzweiler II in die Geschichte eingehen werde; als
ein Gebiet, an dem sich die Bagger von Rheinbraun
wegen des unerschrockenen Einsatzes der Menschen für die Schöpfung und die Natur die Zähne
ausgebissen hätten.

»Halten wir sein Gedenken in Ehren«, hatte der
Priester geredet, bevor sich der Sarg in die Grube
senkte, nicht weit entfernt von der kläglichen Grabstätte von Annegret Jansen. »Tuchmacher war ein
guter Mensch.«

Gerlinde und Müllejans wussten es besser. Sie kannten die wahre Geschichte von Tuchmacher und seines nur scheinbaren Einsatzes im Kampf gegen die
Bagger. Tuchmacher war es in erster Linie immer
nur um sich gegangen und er hatte dabei nicht vor
Mord zurückgeschreckt.

Nur drei Tage nach Tuchmachers Tod hatte Gerlinde
von einem Notar aus Mönchengladbach einen Brief
des Journalisten erhalten, der für den Fall seines Todes für sie bestimmt war.

»Liebste, Unerreichbare«, hatte Tuchmacher am
Vorabend seines Todestages geschrieben. »Ich
habe mein Spiel verloren. Es ist nur noch eine Frage

der Zeit, bis deine Freunde mich durchschaut haben. Deshalb gehe ich für immer. Ich habe Baumhäuser umbringen lassen, ich wollte dich und deinen Begleiter töten, nachdem meine Einschüchterungsversuche nichts bewirkt haben. Ich habe dich schikaniert, ich habe dich in der Verwaltung diskreditiert. Ich wollte dich und habe dich verloren. Ich wollte Geld und muss deshalb büßen.

Deine Freunde werden es vermuten oder sogar schon wissen. Ich habe mir von Baumhäuser Geld geliehen, um gemeinsam mit Schmitz und einem dritten Mann, dessen Name in meiner Geschichte nicht von Bedeutung ist, Grundstücke zu erwerben. Wie du dir denken kannst, waren es ausgerechnet die Immobilien, die der Großtante deines Freundes gehörten. Ich hatte im Düsseldorfer Landtag mitbekommen, dass der Tagebau verkleinert werden sollte, meine Spitzel bei Rheinbraun haben mir die Verkleinerung bestätigt. Baumhäuser habe ich erklärt, ich würde sein Geld in eine attraktive Immobilie investieren, die ganz in seinem Sinne sei. Ich habe ihm den Erwerb eines Grundstücks im tatsächlichen Tagebauplangebiet vorgegaukelt. Dieser Erwerb würde seine Position im Widerstand stärken. Frau Jansen hatte ich erklärt, ich würde dafür sorgen, dass die Grundstücke ganz in ihrem Sinne zu einer weiteren Keimzelle des Widerstandes ausgebaut werden sollten. Sie selbst würde, so habe ich sie überzeugen können, nicht mehr die Kraft haben, bei eventuellen Umsiedlungsgesprächen mit Rheinbraun aussichtsreich zu verhandeln. Sie hat mir vertraut und über Schmitz an uns verkauft. Jahre später, nach dem Weiterverkauf der Grundstücke, ist Baumhäuser dahintergekommen, dass ich ihn getäuscht habe. Er wollte, wohl mehr aus Zufall, ausgerechnet das ehemalige Haus von Annegret Jansen in Oberwestrich erwerben. Dabei fiel ihm der Betrug auf. Er hat sofort die Zusammenarbeit mit mir aufgekündigt und von mir auf der Stelle sein Geld zurückverlangt.

Ich habe ihn mehrere Monate hinhalten und vertrösten können und ihn schließlich gebeten, nach der Versammlung in Immerath in der Nacht zu mir nach Wickrath zu kommen. Ich habe zwei Männer an der Hand, die gelegentlich für mich arbeiten. Sie haben übrigens auch deine Katze getötet und bei dir angerufen. Für Geld tun die alles, und ich habe sie beauftragt, Baumhäuser aus dem Weg zu räumen.

Sein Unfall war von ihnen provoziert. Als er an der Kurve ankam, fuhr ihm einer in der scharfen Kurve mit ihrem Lastwagen entgegen, blendete ihn und zwang ihn gewissermaßen dazu, geradeaus auf den Feldweg zu fahren, um einen Zusammenstoß zu vermeiden. Der zweite Mann hat zeitgleich mit einer Zwille Steine gegen die Windschutzscheibe von Baumhäusers Wagen geschossen. Die Scheibe zersplitterte; ohne Sicht und viel zu schnell schleuderte Baumhäuser ins Feld.

Den Rest kannst du dir denken.

Bei dir sollte es nicht anders sein. Ihr seid mir zu gefährlich geworden. Du mit deinen guten Beziehungen zu deinen Parteifreunden im Rathaus und im Gericht, er mit seinem Anwalt im Hintergrund.

Aber du hattest das große Glück, dass ausgerechnet zu diesem Zeitpunkt, als ihr wehrlos im Graben gelegen habt, Autofahrer vorbeikamen. Sie haben dir und deinem Freund das Leben gerettet.

Eigentlich wollte ich nur Müllejans vertreiben und dich für mich gewinnen. Ich hatte gehofft, du würdest ihm den Laufpass geben. Außerdem hatte ich gehofft, dass er seine Nachforschungen einstellt, wenn er nicht mehr mit dir zusammen ist. Aber es hat nicht funktioniert.

Ich habe verloren.

Lebe wohl.

Ich werde dich immer lieben.«

Gerlinde hatte den Brief mehrmals lesen müssen, ehe sie ihn verstand. Sie glaubte Tuchmachers schwülstigem Wortbrei nicht. »Das ist doch Heuchelei. Der versucht, sich selber eine Begründung für sein Handeln vorzugaukeln und nennt als Grund verschmähte Liebe«, sagte sie zu Müllejans. »Der war scheinheilig bis zu seinem letzten Atemzug und will sein Image auch über den Tod hinaus bewahren.«

Auch Müllejans wollte den Inhalt des Schreibens zunächst nicht glauben, hatte sich dann aber von Grundler überzeugen lassen.

»Ihr seid hinter Suhrbach her gewesen, habt ihn verdächtigt und damit Tuchmacher aufgeschreckt, der immer mehr verunsichert wurde.«

»Hattest du Tuchmacher schon früh in Verdacht?«, hatte Müllejans gefragt.

»Das nicht gerade«, bekannte Grundler, »aber es gab viele Indizien, die zusammen genommen den Verdacht mehr und mehr auf Tuchmacher lenkten. So wusste er beispielsweise im Rathaus bestens Bescheid. Wie Kockeroll mir gesagt hat, wird vermutet, dass er einen Mitarbeiter geschmiert oder erpresst hat, um alle Informationen zu bekommen. Tuchmacher kannte sich als Mitglied der Landespressekonferenz in Düsseldorf aus und war bei Rheinbraun ein gern gesehener Dauergast. Wie mir ein Schreiberling aus Aachen gesagt hat, duzte er sich mit vielen Spitzenleuten und war bei Informationsfahrten von Rheinbraun in aller Welt fast immer dabei.« Er lächelte besinnlich Gerlinde an. »Und schließlich verlor er Knall auf Fall seinen Ghostwriterposten bei Baumhäuser. Waltermann vermutet inzwischen, dass Tuchmacher sogar für Rheinbraun in der Bürgerinitiative spioniert hat.« Grundler blickte urplötzlich böse. »Das Wichtigste aber ist: Ich konnte den fetten Kotzbrocken einfach nicht ab.«

»Dann hast du ja jetzt einen Feind weniger«, hatte Müllejans gequält lachend bemerkt. »Wen willst du als Nächsten zur Strecke bringen?«

»Suhrbach«, antwortete Grundler wie selbstverständlich. »Du glaubst doch wohl nicht, dass er ungeschoren davonkommt? Das Finanzamt ist schon informiert. Den schnappen wir uns und wenn wir dafür monatelang vor seiner Haustüre lauern müssen«, sagte er entschlossen.

Müllejans blickte beim Leichenschmaus, den Gerlinde trotz allem und gegen seinen Willen im Keyenberger Hof bestellt hatte, nachdenklich umher. Einige Mitglieder der Bürgerinitiative gegen Garzweiler II, einige Angestellte aus Tuchmachers Pressebüro und andere, ihm unbekannte Personen bissen stumm in die belegten Brötchen oder wärmten sich am heißen Kaffee.

Müllejans griff in seine Jackentasche und zog das Sparbuch heraus. »Das ist also alles, was übrig geblieben ist von meiner Erbschaft«, sagte er versonnen zu Gerlinde.

»Die du auch noch mit deiner Nochgattin teilen musst«, sagte sie kopfschüttelnd.

»Mitnichten«, brummte er grimmig. »Das wird Grundler zu regeln wissen.«

Sie nickte zustimmend. »Was willst du denn damit machen?«

»Was schon?« Müllejans hatte sich erhoben. »Ich gebe das Geld Waltermann für die Prozesskasse. Er kann es bei seinem Kampf besser gebrauchen als wir. Vielleicht kommt er ja damit tatsächlich bis nach Karlsruhe. Ich würde es ihm wünschen, mein Schatz.«

*

P.S. Das Garzweiler-II-Verfahren wurde am 4. Juni 2013 beim Bundesverfassungsgericht mündlich verhandelt. Das Urteil wurde am 17. Dezember 2013 verkündet.

Fazit des Urteils: Das Bundesverfassungsgericht hat den Rechtsschutz von Bürgern gestärkt, die wegen großer Bergbauprojekte von Enteignung und Umsiedlung bedroht sind. Bereits im Zulassungsverfahren müssen Behörden künftig auch die privaten Belange betroffener Bürger in einer Gesamtabwägung berücksichtigen und ihnen Klagemöglichkeiten einräumen. Zugleich billigten die Richter den Braunkohletagebau Garzweiler II. Dessen Zulassung ist wegen des Gemeinwohlbelangs der Energieversorgung verfassungsrechtlich nicht zu beanstanden.

Die Leitsätze daraus:

1. Nach Art. 14 Abs. 3 GG kann eine Enteignung nur durch ein hinreichend gewichtiges Gemeinwohlziel gerechtfertigt werden, dessen Bestimmung dem parlamentarischen Gesetzgeber aufgegeben ist. Das Gesetz muss hinreichend bestimmt regeln, zu welchem Zweck, unter welchen Voraussetzungen und für welche Vorhaben enteignet werden darf. Allein die Ermächtigung zur Enteignung für „ein dem

Wohl der Allgemeinheit dienendes Vorhaben" genügt dem nicht.

2. Dient eine Enteignung einem Vorhaben, das ein Gemeinwohlziel im Sinne des Art. 14 Abs. 3 Satz 1 GG fördern soll, muss das enteignete Gut unverzichtbar für die Verwirklichung dieses Vorhabens sein.

Das Vorhaben ist erforderlich im Sinne des Art. 14 Abs. 3 GG, wenn es zum Wohl der Allgemeinheit vernünftigerweise geboten ist, indem es einen substantiellen Beitrag zur Erreichung des Gemeinwohlziels leistet.

3. Eine Enteignung erfordert eine Gesamtabwägung zwischen den für das konkrete Vorhaben sprechenden Gemeinwohlbelangen einerseits und den durch seine Verwirklichung beeinträchtigten öffentlichen und privaten Belangen andererseits.

4. Der Garantie effektiven Rechtsschutzes gegen Verletzungen der Eigentumsgarantie wird nur genügt, wenn Rechtsschutz gegen einen Eigentumsentzug so rechtzeitig eröffnet wird, dass im Hinblick auf Vorfestlegungen oder den tatsächlichen Vollzug des die Enteignung erfordernden Vorhabens eine grundsätzlich ergebnisoffene Überprüfung aller Enteignungsvoraussetzungen realistisch erwartet werden kann.

5. Das Grundrecht auf Freizügigkeit berechtigt nicht dazu, an Orten im Bundesgebiet Aufenthalt zu nehmen und zu verbleiben, an denen Regelungen zur

Bodenordnung oder Bodennutzung einem Daueraufenthalt entgegenstehen, sofern sie allgemein gelten und nicht gezielt die Freizügigkeit bestimmter Personen oder Personengruppen einschränken sollen.

6. Art. 14 GG schützt den Bestand des konkreten (Wohn-)Eigentums auch in dessen gewachsenen Bezügen in sozialer Hinsicht, soweit sie an örtlich verfestigten Eigentumspositionen anknüpfen. Art. 14 GG vermittelt den von großflächigen Umsiedlungsmaßnahmen in ihrem Eigentum Betroffenen einen Anspruch darauf, dass bei der Gesamtabwägung das konkrete Ausmaß der Umsiedlungen und die mit ihnen für die verschiedenen Betroffenen verbundenen Belastungen berücksichtigt werden.

Kurt Lehmkuhl wurde 1952 in der Nähe von Aachen geboren. Nach dem Abitur und dem Studium der Rechtswissenschaften war er über 30 Jahre lang für den Zeitungsverlag Aachen tätig, zunächst als freier Mitarbeiter, danach als Redakteur und als Lokalchef in Erkelenz. Nach seinem Ausscheiden aus dem Zeitungsverlag Aachen arbeitet er als freier Journalist für zahlreiche Zeitungen und Zeitschriften im In- und Ausland.

Neben der journalistischen Tätigkeit ist Kurt Lehmkuhl schriftstellerisch aktiv. Seit 1996 werden seine Romane veröffentlicht, beginnend mit „Tödliche Recherche". Häufig stehen aktuelle Themen oder regionale Besonderheiten im Mittelpunkt seiner Krimis, etwa der Aachener Karlspreis oder die Braunkohleförderung im Rheinland. Seit 2008 sorgt der Gmeiner-Verlag für die Herausgabe der Titel. Dabei hat der Verlag auch die längst vergriffenen Titel wieder als E-Books ins Verlagsprogramm aufgenommen.

Außerdem verfasst Kurt Lehmkuhl Reisereportagen und Kurzgeschichten, ist als Dozent für Kreatives Schreiben, als Moderator und Organisator von literarischen Veranstaltungen und als Herausgeber von Anthologien tätig.

Die Kriminalromane von Kurt Lehmkuhl werden im Gmeiner-Verlag veröffentlicht und vertrieben:

Raffgier, 2008, 3. Auflage 2013, ISBN 978-3-89977-751-2.

Nürburghölle, 2009, 2. Auflage 2014, ISBN 978-3-89977-1017-8.

Dreiländermord, 2010, 5. Auflage 2019, ISBN 978-3-8392-1095-6.

Kardinalspoker, 2012, ISBN 978-3-8392-1223-5.

Printenprinz, 2013, 2. Auflage 290129, ISBN 978-3-8392-1432-9.

Fundsachen 2015, ISBN 978-3-8392-1677-4.

Kohlegier, 2016, 2. Auflage 2018, ISBN 978-3-8392-1825-9.

Weißgott, 2017 ISBN 978-3-8392-2139-6.

Marionettenspiel, 1. und 2. Auflage 2018, ISBN 978-3-8392-2231-7.

Außerdem:

Mörderisches Aachen, Krimineller Freizeitführer, 2017, ISBN 978-3-8392-2138-9.

Als E-Books bietet der Gmeiner-Verlag folgende Romane an:

Raffgier, ISBN 978-3-89977-751-2.

Nürburghölle, ISBN 978-3-89977-1017-8.

Dreiländermord, ISBN 978-3-8392-1095-6.

Kardinalspoker, ISBN 978-3-8392-1223-5.

Begraben in Garzweiler II, ISBN 978-3-7349-9222-3.

Printenprinz, ISBN 978-3-8392-1432-9.

Tore, Tote, Tivoli, ISBN 978-3-7349-9240-7.*

Fundsachen, ISBN 978-3-8392-1677-4.

Mörderische Kaiser-Route, ISBN 978-3-7349-9376-3.*

Ein Sarg für Lennet Kann, ISBN 978-3-7349-9358-9.*

Blut klebt am Karlspreis, ISBN 978-3-7349-9346-6.*

Kohlegier, ISBN 978-3-8392-1825-9.

Tödliche Recherche, ISBN 978-3-7349-9394-7.*

Tödliche Annakirmes, ISBN 978-3-7349-9396-1.*

Spritzen für die Ewigkeit, ISBN 978-3-7349-9231-5.*

Vertrauen bis in den Tod, ISBN 978-3-7349-9233-9.*

Die Aachen-Mallorca-Connection, ISBN 978-3-7349-9239-1.*

Aachener Grenzgänger, ISBN 978-3-7349-9430-2.*

Ein CHIO ohne Rasputin, ISBN 978-3-7349-9434-0.*

Mallorquinische Träume, ISBN 978-3-7349-9442-5.*

Tödliches Roulette, ISBN 978-3-7349-9440-1.*

Kofferjäger, ISBN 978-3-7349-9446-3.

Mörderisches Aachen, ISBN 978-3839221389.

Weißgott, ISBN 978-3839221396.

Marionettenspiel, ISBN 978-3-8392-2231-7.

(* = als Druckausgabe nicht mehr erhältlich)

Als gebundene Ausgabe sind lieferbar:

Begraben in Garzweiler II, ISBN 978-3-7528-2469-8.

Kofferjäger, ISBN 978-3-7528-9746-3.

Nach den Reisen sind bisher als Buch und E-Book erschienen:

Meine Welt: Mein Vietnam, Reiseerzählungen, 2015, ISBN 978-373-865-241-3.

Meine Welt: Mein Kirgistan, Reiseerzählungen, 2016, ISBN 978-373-864-208-7.

Meine Welt: Mein Kuba, Reiseerzählungen, 2016, ISBN 978-373-865-241-3.